나의 소중함들

나의 소중함들

발행일	2024년 8월 20일

지은이   김정희
펴낸이   손형국
펴낸곳   (주)북랩

편집인	선일영	편집	김은수, 배진용, 김현아, 김부경, 김다빈
디자인	이현수, 김민하, 임진형, 안유경	제작	박기성, 구성우, 이창영, 배상진
마케팅	김회란, 박진관		

출판등록   2004. 12. 1(제2012-000051호)
주소   서울특별시 금천구 가산디지털 1로 168, 우림라이온스밸리 B동 B111호, B113~115호
홈페이지   www.book.co.kr
전화번호   (02)2026-5777   팩스   (02)3159-9637

ISBN   979-11-7224-203-9 03810 (종이책)   979-11-7224-204-6 05810 (전자책)

(주)북랩 성공출판의 파트너

북랩 홈페이지와 패밀리 사이트에서 다양한 출판 솔루션을 만나 보세요!

홈페이지 book.co.kr • **블로그** blog.naver.com/essaybook • **출판문의** book@book.co.kr

작가 연락처 문의 ▸ ask.book.co.kr

작가 연락처는 개인정보이므로 북랩에서 알려드릴 수 없습니다.

내가 사랑한 녹색어머니

나의 소중함들

✿ 김정희 지음

북랩

지난 시절을 회상한다는 것은 마치 다 읽은 책을 다시 뒤적거리며 재미있는 부분이나 유달리 기억에 남는 부분에 밑줄 그어 두었던 부분을 넘기며 다시 보는 것과 다를 바 없을 것이다.

살아온 나의 생애에서 글로 남기고 싶은 건 자만심일까? 아니면 무언가 누구에게 나의 그 무엇을 꼭 알리고 싶은 것일까?

어릴 적 내가 태어나고 뛰어놀던 곳, 혜화동 길이 그리워서 어느 날 그 길을 걸었다. 하지만 혜화동은 이미 썰물이 빠져 나가고 부서진 조개껍질과 썰물에 미처 함께 나가지 못하고 몸부림치는 작은 고기만 있는 듯한 왜인지 모를 서글픔이 있었다.

그 옛날 대학과 함께 낭만의 꽃가루가 날리던 대학로가 아니었다.

하지만 대학이 없다고 대학로가 아니라고 할 수 없을 것이다. 바로 옆 창신동 내가 살던 옛집을 보고픈 마음에 골목길에 들어갔더니 어릴 적 살던 곳은 아직 그대로이다.

10여 년 이상 살던 곳, 초등학교를 들어가기 전 그 집으로 이사 와서 중학교를 그 집에서 살고 있을 때 졸업을 했으니 그리움과 사춘기의 시작점이라 할 수 있는 곳이다.

어릴 적 살던 집 대문과 담장을 만지며 묻어나는 옛날의 감정과 함께 지나간 과거들을 회상케 한다.

아직도 엄마의 목소리가 들리는 것 같고 오빠들의 큰 목소리가 나는 것 같아 대문의 한켠에 귀를 대어 본다.

잠시 귀를 댄 대문에서 나는 많은 지난 세월을 들을 수 있었다. 특히 녹색어머니회는 더욱 크게 들렸다.

나의 사랑하는 아들 둘이 초등학교 시절에 시작하여 그 후 관련된 사업으로 이어져 큰 사업은 아니지만 지금까지도 하고 있으니 이러한 일이야말로 운명 같은 일이 아닐까 생각한다.

　그러한 과정에서 많은 사람을 만났다. 수십 년이 흐른 지금까지 모두가 나에게 기쁨과 행복을 주며 언니, 동생으로 이어져 지금도 만나고 있으니 참으로 나에게 주어진 좋은 인연이 아닐 수 없을 것이다.

　중앙회를 발족하면서 함께 이리저리 뛰어다니며 준비 과정부터 고생과 기쁨을 함께한 초대 회장 이영옥, 많지 않은 나이에 유명을 달리하였기에 더욱 많은 생각을 가지게 하는 사람이다.

　특히 서울시 녹색연합회를 발족시키고 초대 서울시 회장을 지내신 윤경섭 회장님… 개인적으로나 내가 서울시 녹색어머니 부회장을 할 당시 지켜본 바에 의하면 녹색어머니회에서 볼 때 많은 공헌을 하고 오늘날 녹색어머니 중앙회라던가, 특히 서울시 녹색어머니의 대모님 같으신 분이라 할 수 있을 것이다.

가끔씩 전해오는 바에 의하면 홍콩과 한국의 집을 오가면서 노년을 행복하게 지내고 있음을 엿볼 수 있다.

오래오래 건강한 삶으로 좋은 인연을 이어 갔으면 하는 바람이다.

그 외에도 몇 대의 중앙회장을 거치면서 만났던 사람들 모두가 예쁘고 착한 심성을 지닌 아름다운 사람으로 기억을 남긴다.

어린이 안전학교와 녹색어머니회를 지내면서 알게 된 경찰청 직원들과 시청, 구청의 직원들 모두가 나의 삶에 도움을 주며 힘이 되어 주었던 좋은 인연이었다.

한국 여성경제인 협회, 차츰 나이가 들어가는 시점에 함께 활동하며 알게 된 사람들이라 더욱 정감이 가는 사람들이다. 그리고 합창단, 둘레길을 걸으며 많은 정담을 나누었던 산우회, 아직도 많이 서툴지만 서로들 도움을 주며 연습을 함께하는 기타반 친구들, 특히 기타를 처음 시작할 때 힘들어했던 나였는데 이제 조금씩 손에 익숙해지고 함께 합주 공연도 하고 시간이 갈수록 큰 재미를 느끼게 되었다. 오카리나에 색소폰, 우쿨렐레까지 하면서 생의 또 다른 재미와 기쁨을 느끼며 열심히 연습하여 손자 황이안에게 멋진 할머니의 연주를 들려주고 싶고 황이안에게 칭찬받는 할머니가 되어보고 싶다. 이 모두가 나의 기억에 큰 부분을 차지하는 좋은 사람들이다.

마치 타임머신을 타고 순간의 세월을 다녀오듯 과거의 나무 대문에 기대어 잠시 지난 시간을 모두 다시 듣고 본 기분이었다.

글을 쓴다는 것이 이렇게 힘이 들고 많은 생각을 가지게 하는 것인 줄 몰랐었다.

하지만 글을 쓰면서 한 사람 한 사람 떠올리는 기쁨, 그리고 깜박 잊고 있었던 사람의 인연. 불가에서 말하길 옷깃만 스쳐도 인연이라 했는데 그 옷깃 한번 스치는 인연이 만들어지려면 전생에서 60생(한 번의 생을 60년으로 계산하면 3,600년)을 부부의 연이나 부모의 연, 함께 생애를 살아온 연을 맺어야 후세에서 옷깃을 한번 스치는 인연이 만들어진다 하니 그 얼마나 크나큰 인연인가…. 지나간 인연들이 그냥 스쳐 간 인연이 아닐 것이다.

그 모두가 전생에 많은 삶을 함께한 사람들일 수 있는 것이다.

근래에 들어 나의 생활에 활력을 주고 즐거운 마음으로 활동을 하는 새마을 운동 중앙회, 함께 활동하는 모든 분들께 고마움을 전하고 싶다.

가장 중요한 사람은 아무래도 나의 가족일 것이다

아들과 며느리, 그리고 묵묵히 지켜보며 뒤를 받쳐주는 남편, 가장 힘이 되는 우리 황이안 손자, 모두에게 고마움을 전한다. 이 글을 쓰는 데 도움을 주신 분들께 진심으로 감사함을 드리며 '항상 잊지 않고 함께' 한다는 생각으로 제 삶의 나아갈 방향으로 삼겠습니다.

삶을 함께한 창신동 집

자랑스러운 나의 사랑 이안이

XIV. 녹색과 함께하고픈 이야기 * 185

I

*

녹색어머니 1

먼 훗날

우리가 먼 훗날 녹색을 회고하는 시간이 되었을 때 흐뭇한 미소를 지으며 녹색어머니였음을 자랑스러워할 수 있고 또한 녹색 활동을 했기에 지금의 생이 참 행복하다는 생각을 가질 수 있도록 지금의 녹색에 참되고 순수한 마음으로 임해야겠습니다.

녹색어머니
중앙회

2006년 1월.

드디어 우리 녹색어머니가 중앙회 발족을 마쳤다.

참으로 힘든 시간이었고, 그야말로 지나간 시간들이 꿈만 같이 느껴지는 날들이었는데, 이젠 모든 게 과거가 되어서 웃으면서 이야기할 수 있는 추억의 시간이 되었다.

불과 며칠 전만 해도 잠실 교통공원의 한 귀퉁이 철제 컨테이너 박스가 50년 역사를 자랑하고 전국 50만 명의 회원 중 대다수를 차지한 우리의 서울시 녹색어머니 사무실이었다.

그것 역시 당시 서울시 녹색어머니 임원들과 함께 경찰청장을 방문한 자리에서 건의한 사안이었던 것이다.

십만 명이 넘는 서울시 녹색어머니 회원의 사무실이 없다, 그래서 식사 후 모인 식당에서 회의를 하는 실정이다, 하여 잠실 교통공원 한쪽에 컨테이너를 놓는 허가를 받아낸 것이다.

어쩌면 오늘날 중앙회 사무실의 모태는 바로 그 컨테이너라 할 수 있을 것이다.

그래도 녹색은 행복했고 즐거웠던 시간이리만치 모든 힘든 고난을 아이들을 위한 봉사의 마음으로 모든 것을 이겨냈던 것이다.

70년대 초반 집에서 입던 옷에 손수 만든 앞치마를 두르고 서로를 바라보며 신기한 미소를 짓기도 하면서, 우리 아이들을 내 손으로 지킨다는 사명감과 보람으로 시작한 녹색어머니회였었다.

서울 논현초등학교 자모반으로 시작하여 학동초등학교에서 활발한 활동이 계기가 되어 서울시 전체로, 그리고 인천, 경기도, 대구 등, 전국으로 확산되어 명실상부한 전국적 조직으로 발전했다. 하지만 시간이 흐를수록 구심점 없이 각자의 지역에서 활동하는 그야말로 아줌마들의 단체로 인식되는 그러한 문제들이 항상 나의 안타까움이었다.

모든 단체나 모임이 그러하듯이 어느 정도의 시간이 흘러 단체의 규모가 방대해지고 커지다 보면 마치 가난한 시절 그래도 그때가 정이 있고 인심이 살아있었다는 말을 하듯이 누구나 과거를 회상하며 그리워하게 될 것이다.

하지만 나는 그러한 사회적 통념에서 벗어나는 참된 녹색어머니들을 보고 싶었고 반드시 보다 미래지향적 녹색을 보고 싶었다.

2005년 가을… 당시 경찰청에서 이영옥 서울시 녹색어머니 연합회장에게 연락이 와서 중앙회 결성을 이야기하였단다.

서울시 고문이었던 나에게 연합회장인 이영옥이 말했다.

"고문님, 경찰청에서 하는 말이 녹색어머니 중앙회 설립을 생각해 보라고 했습니다."

"아⋯. 좋은 의견이네요. 그렇지 않아도 저 역시 그러한 생각을 했었습니다. 우리 녹색이 전국의 회원이 45만 명입니다. 이만한 회원이면 어딜 가더라도 대접받고 일을 해 나갈 수 있는 숫자의 인적 자원입니다. 그럼에도 불구하고 지금의 우리 녹색어머니의 실정은 어떠합니까?"

"어떤 좋은 방안이라도 가지고 계십니까?"

"경찰청 제안을 받아들이고 한번 해 봅시다. 저 역시 열심히 돕도록 하겠습니다. 과감하게 녹색어머니회를 만들어 봅시다. 언제까지나 아줌마의 모임이니, 아줌마들의 단체, 이러한 오명에서 벗어나야 한다고 생각합니다. 지역단체가 커 나가면 각 지역을 관리하고 함께 상생하기 위해서는 지방정부를 관리하는 중앙정부가 있듯이 우리도 중앙회가 필요한 시점이 온 것입니다. 많은 어려움이 있고, 시간이 소요되겠지만 한번 중앙회를 만들어 봅시다. 이영옥 회장이라면 할 수 있을 거예요. 저도 힘껏 도울게요."

그날 이후 경찰청으로 방문하길 수십 번, 많은 말을 들을 수 있었다. 농담처럼 우리에게 하는 말들이 대다수였다.

"할 수 있겠어요?"

하지만 또 한편에서 용기를 주는 말도 많았다.

"힘내서 해 보세요, 잘하실 거예요."

2006년. 경찰청의 도움에 힘입어 드디어 서초구 염곡동 도로교통공단에 사단법인 녹색어머니 중앙회라는 현판식을 하게 되었다.

발족식을 며칠 앞두고 바쁘게 움직여야 하는 사람을 바로 나였다. 사무실 외에 아무것도 없었다. 누구 하나 도움을 주는 곳도 없었다.
내가 지갑을 열어야 모든 게 준비될 수밖에 없는 실정이었다.

전국의 지역 연합회장이 올라오면 앉아서 회의할 20개 정도의 의자부터 급선무였다. 그리고 긴 탁자, 3대의 컴퓨터, 프린트, 칠판 등의 사무실 집기들, 그야말로 모든 게 필요한 시점이었다.

중앙회장과 사무실 직원이 앉을 책상, 참으로 정신없이 바쁜 시간에 모든 걸 완벽히 준비해 주었다.

예상했던 것보다 많은 나의 금전적 지출이 발생했지만 나는 기쁘고 행복한 시간이었다.

사무실 집기를 마련하기 위하여 뛰어다니며 나는 속으로 이보다 더 큰 앞날의 계획을 생각하였다.

'녹색과 함께하며 벌어들인 금전적 수입이다. 그래, 녹색을 위해 사용하자, 언젠가는 꼭 녹색을 위한 공간, 경기도 인근의 조그마한 폐교를 구입하여 과거든 현재든 녹색의 명찰을 달았고 녹색 유니폼을 입었던 여인이라면 언제든 들어와서 차도 마시고, 즐길 수 있고, 공감되는 생각을 나눌 수 있는 그러한 공간을 마련해서 녹색에 남기리라.

사랑에는 아픔이 따르듯이 내가 사랑하는 녹색을 위해서라면 사랑의 아픔과 비유할 바는 아니지만 금전적 출혈도 감수해야 할 것이다.'

어느 해인가, 사무실 전문 직원조차 없고, 미숙하게 일을 처리하다 보니 예산 집행 후 관할 기관에 보고가 늦고 누락 부분이 발생하여 제법 큰 금액의 과태료를 부과받았다.

고문의 자리를 맡았으니 이러한 문제는 내가 처리해야 하는 사랑의 아픔이었기에 아파하지 않고 과감히 내가 대납하였다.

하지만 그로부터 2년 동안을 예산을 배정받지 못하는 뜻하지 않은 어려움을 겪었던 기억이 오히려 큰 아픔이었다.

2006년. 드디어 사단법인 녹색어머니 중앙회 등기를 마쳤다.

그리고 경찰청 산하 비영리 민간단체로 인가도 받았다.

그동안 기업에서 후원을 받아도 기부금 처리를 해줄 수 없었기에 후원을 받는 것조차 힘들었던 것인데 이제는 기부금 영수증 처리가 되기에 후원이 한결 수월하게 된 것이다.

이영옥 초대 중앙회장의 인사말이 들어간 홈페이지도 개설하였고 초대 중앙회장에 이영옥 서울 녹색연합회장, 그리고 중앙회 발족의 노고를 인정하여 나에게 서울시 고문에 이어 초대 녹색어머니 중앙회 고문이란 직책이 주어졌다.

이제 나의 할 일은 앞장서서 일하기보다 한 발짝 뒤에서 그림자처럼 고문에 걸맞는 조언과 함께 후원을 생각하였다.

지나서 생각하니 참으로 난 녹색을 사랑했던가 보다.

10여 년이 지난 어느 날, 함께했던 이영옥 초대 회장의 죽음을 전해 들었을 때 한동안 정신을 놓을 만큼 충격을 느꼈다.

'많지 않은 나이인데'라는 생각과, 함께 뛰어다녔던 지난 긴 시간에 한동안 가슴이 메어오고 먹먹했었다.

그 이후 긴 시간이 흐르고 많은 중앙회장들이 교체되고 참으로 서로에게 기쁨을 주고받는 언니, 동생들이었다.

중앙회장 및 녹색어머니 회원들을 자주 만나다 보니 정도 많이 들고 여자 형제가 없이 자란 나에게 살갑게 대해주는 동생들이 되었다.

아마도 내가 녹색 회원들과 유달리 가까워지게 된 이유 중에는 오빠와 남동생뿐인 가정적 환경도 일조를 하지 않았을까 싶은 마음이 든다.

그리고 차례로 경북, 대전, 전북, 서울, 충남, 전남, 경기, 서울, 긴 시간이 지나면서 많은 회장들이 지나가고 나는 고문으로서의 역할을 다하며 전국을 돌아다녔다.

조금씩 나이는 들어갔지만 피곤함을 모르는 시간이었다.
중앙회뿐만이 아니었다.
서울, 경기도, 지방도, 별도의 고문 자리를 앉혀주며 행사 때마다 초대장을 보내왔다.
물론 개인적 친분으로 대다수 언니 동생 하는 경우였다.
가끔은 피곤하거나 힘이 드는 날도 있었지만 난 그래도 의자를 힘차게 일어나 꽤 먼 거리 들을 마다하지 않았다.
16개 시도의 연합회가 봄에는 녹색어머니 발대식, 가을에는 체육행사나 제로화 촉진대회, 중앙회 발족부터 이영옥 회장과 함께 행사의 틀을 만들어 전국으로 확대했으니 모든 행사의 참석은 이영옥 회장과 함께 자리를 같이하게 되는 일이 많았다.
경기도 녹색에 제로화 촉진대회를 해 보자고 건의하였

고, 서울과 중앙회 및 지방의 녹색어머니 연합회 역시 제로
화 촉진대회의 시작이 되었다.

타고난 내 성품인지. 일단 일은 시작해야 결과가 나온다
는 나의 성격 탓인가 보다.

그만큼 녹색을 사랑했고 나의 발걸음이 많아질수록 나의
본업이 무엇인지 모를 정도로 바쁘게 움직이는 생활이었다.

시간이 지나 오늘날에 생각해 보면 모든 것이 나에겐 기
쁨이었고 행복이었던 소중한 인연들의 시간이었던 것 같다.

II

*

사람이 꽃보다
아름다워

오래전 어느 남자 가수의 노래 중 "사람이 꽃보다 아름다워"라는 노래를 들었던 기억이 떠오른다.

하지만 당시 노래를 들으며 흥얼거릴 때 가사 내용은 가슴에 새겨지거나 와 닿는 그러한 감흥은 없었다.

그냥 그런 가사이겠거니 하며 깊이 생각해 보지 않았다.

오랜 시간이 지나도록 그 이후 흥얼거려 보지도 않았던 그 노래가 어느 날 갑자기 내 온몸을 뒤덮는 감흥으로 다가왔다.

우연한 기회에 난 사람이 꽃보다 아름다움을 노래가 아

닌 내 눈으로 목격하였다.

보았다는 표현보다 느꼈다는 표현이 맞을 것 같다.

지난해 여름 온몸이 끈적거림을 느낄 정도의 더위가 계속 이어지던 날. 사무실 일 때문에 차를 두고 지하철로 일산 근처에 갔다가 사무실로 돌아가기 위하여 일산역에서 전철을 탔다.

지하철 이용이 많지 않은 생활인지라 양재역으로 가기 위해 3호선으로 갈아타야 하는 옥수역을 몇 번이고 입속으로 되뇌고 전철 방송에 귀를 기울이며 모처럼 전철에서 보이는 차창 밖을 내다보며 조금의 여유를 즐겼다.

옥수역에서 내려 3호선으로 환승하기 위하여 계단으로 걸어가는데 내 눈앞에 손을 잡고 걸어가는 어르신 부부를 보았다.

평소 무심히 지나쳐도 될 사람들이었는데 어째 그날은 나의 눈에 보였다기보다 나의 뇌리에 자리 잡은 모습이었다.

서울 태생의 내 눈에 보이는 어르신 두 분의 뒷모습은 조금은 시골의 순수한 향이 느껴지는 분들 같았다.

할머니의 손을 잡은 할아버지의 검은 손마디는 오랜 농사 일의 모습이 느껴졌고 맞잡은 할머니의 손 역시 세월의 두 터움이 보였다.

그때만 해도 내 눈에 비치는 두 분의 모습은 그냥 사이가 참 좋은 노인네 같았다.

환승하러 가는 곳이 한 명씩 타야 하는 좁은 에스컬레이 터였다.

바로 앞서 걸어가시던 할아버지가 할머니의 손을 놓을 수밖에 없는 순간이었던 것이다.

그 순간 나의 눈에 보인 것은 할머니의 손을 놓기 싫은 할아버지의 모습이다, 마치 할머니의 손을 놓으면 안 될 것 같은 안타까움이 서린 모습이 보였다.

짧은 그 순간에 보이는 두 분의 모습에서 나는 많은 것을 보았다.

젊은 연인들의 사랑의 손을 잡는 것도 아니고 할머니의 손을 놓치면 험한 서울에서 잃어버릴 것 같은 우려, 할머니 혼자 여기에 두면 안 된다는 걱정, 두 분이 옆으로 같이 탈 수 없는 에스컬레이터가 참으로 밉다, 하는 원망스러운 눈빛으로 길지 않은 곳에서, 두 계단 위의 할아버지는 걱정스러운 마음을 담은 눈으로 할머니를 돌아보았다.

난 할아버지의 돌아보는 눈빛을 보며 할머니에게 하는 소리 없는 많은 말들을 읽을 수 있었다.

"괜찮아? 조심해."

그리고 살짝 고개를 끄덕이는 할머니 모습에서도 모든 이야기 들을 듣는 게 아니라 볼 수 있었다.

"걱정 말아요, 잘 가고 있으니까요."

그리고 에스컬레이터에서 내린 후 걷는 두 분의 모습, 이번에는 손을 잡고 걷지는 않았지만 두어 걸음 앞에서 할아버지는 무심한 척 힐끔 할머니를 두어 번 돌아보며 앞서 걸어간다.

20초 남짓의 짧은 순간에 나는 긴 세월 살아오면서 가지지 못했던 느낌, 보지 못하였던 사람의 사랑 향기를 맡으며 참된 아름다움을 보았다.

오랫동안 함께 살아온 부부만의 사랑, 할아버지가 할머니에게 할 수 있는 배려, 내가 보아온 그 어떠한 사랑보다 아름다웠다.

바로 그 순간 어느 가수의 노래가 머릿속을 맴돌았다.

사람이 꽃보다 아름다워.

사람이 꽃보다 아름다워

녹색어머니의 사랑

아주 오래전 엄마의 손길 없이는 아무것도 할 수 없는 아이였던 여인이 세상을 익혀가며 살았습니다.

마치 한 올 한 올 털실을 풀어가며 벙어리 장갑을 짜듯….

뻘 속의 바지락을 하나하나 캐내듯….

새로움을 만나며 그 옛날 자신이 엄마의 손길 없이 아무것도 할 수 없던 그런 아이들을 자신이 컸던 것처럼 사랑스레 키워가고 있었습니다.

아침햇살이 커튼 사이로 들어온 날 TV 뉴스에 담긴 남도의 소식에 아파트 욕조의 자그마하게 출렁이는 물결에 종이배를 띄운 딸아이에게 일그러진 얼굴을 보이고 말았습니다.

가마 타고 갓 시집온 새색시의 볼처럼 붉디붉은 홍주와 막내딸이 고운 백사장을 거닐 그 바닷가….

짜다 못해 쓰디쓴 그 바닷가….

그 많은 내 아이들과 함께 하얀 포말만을 남기고 큰 파도
를 넘어가 버렸다.
원망의 눈길로 쳐다보는 아이들의 사진을 바라보며
부끄러움에 고개만 숙이고 눈물 젖은 소리 없는 외침을 해
봅니다.

내 너희를 이렇게 지켜 왔건만….
내 너희를 이렇게밖에 지키지 못하였구나.
내가 바로 너희를 지키려 했던 녹색어머니란다.

그래…!
그래도 난 또 수많은 나의 아이들을 지키련다.
그게 우리가 해야 할 일이니까….

– 어린이를 사랑하는 녹색어머니 –

III

*

이중섭 화장실

어느 해인지 꽤나 무더위가 기승을 부릴 즈음 모임의 친구들과 함께 강원도로 가자는데 의견일치 하여 동해 바다를 향해 영동고속도로를 달렸다.

모처럼 다섯 명의 여자가 떠들며 가는 여행은 그 누구도 말릴 수 없는 흥분을 가져왔다.

한참을 웃음과 함께 달려왔기에 우리 일행은 배고픔을 느끼며 맞이한 횡성휴게소로 들어섰다.

먹는 것보다 급하게 다들 화장실로 갔다.

제법 깨끗함이 느껴지기에 기분 좋게 들어서려는 순간 나

의 눈에 들어온 것이 있었다

『이중섭 화장실』

입구 위에 나무현판이 식당이나 관광지를 연상하듯이 바로 눈에 들어오게 걸려있었다. 무슨 화장실에 사람 이름을 넣나? 하는 생각도 한 순간이고 바로 스치는 생각이 이중섭? 내가 평소 존경하고 나름 대한민국을 대표하는 화가라고 생각하는 바로 그 이중섭을 말하는 건가?

만약 그렇다면 더더욱 아닌데 하는 생각으로 화장실에 들어가 보았다.

맞았다. 바로 내가 생각한 이중섭이었다.

화장실 곳곳에 이중섭 화가의 소와 관련된 작품을(물론 모조품에 사진들이었지만) 걸어 두었다.

살아오면서 큰 충격을 받아보지 못한 탓인가? 상당히 충격으로 나에게 다가왔다.

아니 어떻게 내가 가장 존경하는 화가 이중섭의 이름을 화장실에 갖다 붙일 수 있단 말인가?

나름 이중섭을 좋아하기에 국립현대미술관 이건희 컬렉션의 이중섭 전시회라던가, 그의 그림을 보려고 안산까지 달려가고, 제주에 갔을 때는 서귀포에 있는 이중섭거리를 걸으며 그를 생각해 보고 1951년 피난 생활 중 이중섭이 생활하던 조그만 단칸방에 찾아가 그의 흔적을 느끼려고 많은 것을 보아왔었는데, 그에 대해 많은 것을 책을 통해 익혀왔고 어느 화가 보다 그의 작품에 애착을 가지고 사랑했던 터라 그의 이름이 화장실 입구에 붙어있는 것 자체가 나에게 주는 모멸감이었다.

1951년 한 해 동안 서귀포에서 생활하면서 이중섭은 적은 양의 배급과 고구마, 그리고 바다에 나가 잡아 온 게로 연명을 하면서도 작품 창작에 몰두하여 「피난민과 첫눈」, 「서귀포의 환상」, 「서귀포 풍경」, 「바닷가의 아이들」 등을 창작하였던 것이다. 특히 이때 오랜만에 평온한 눈빛을 가진 소를 목격하고는 다시 소 그리기에 열중하였다고 한다.

아내가 두 아이를 데리고 일본으로 떠난 후, 이중섭은 그들에 대한 사무친 그리움을 담은 여러 작품을 창작하는데, 그 대표적 작품이 제주 생활을 체험으로 한 「물고기와 노는 세 아이」, 「가족」 등이다.

그림 그릴 물감이나 캔버스를 구할 수 없어 담뱃갑 은박지를 화폭 대신 쓰기도 하였다. 그는 1952년 부인이 생활고로 두 아들과 함께 일본으로 건너간 후, 부두 노동을 하다가 정부의 환도(還都)와 함께 상경하여, 1955년 미도파 화랑에서 단 한 번의 개인전을 가졌다. 그 후, 가족에 대한 그리움과 예술에 대한 회의, 생활고로 인해 정신 분열 증세를 나타내다가, 1956년 서울 적십자병원에서 간염으로 타계하였다.

친구들과 웃고 떠들며 동해 바다를 처다보며 맛있는 것을 먹고 맑은 공기를 마시는 중에도 머릿속은 무언가 개운함이 없었다.

내가 아는 이중섭은 한마디로 말해서 횡성. 아니, 횡성 한우와 아무런 관련이 없는 사람이다.

그의 고향은 평안남도이고 그가 그린 소 그림은 제주의 소이고 소의 뼈를 형상화한 그림은 그의 정신세계와 창작에 대한 욕구, 그리고 생활고를 이기지 못한 정신 분열 증세에 의해 소의 깊은 내면을 바라보며 그린 그림일 것이다.

그러한 이중섭이 무슨 횡성 한우와 관련이 있다고 그것도 횡성휴게소 화장실 입구에 그의 이름을 붙인 이중섭 화장실 이란 현판을 만들어 붙인다는 말인가?

표현이 어색한 듯도 하지만 그가 굶주림에 허덕일 때 그야말로 횡성 한우 한 근이라도, 아니 횡성 한우 국밥이라도 한 그릇 주려고 마음이라도 먹은 적이 있을까 하는 의문을 가져 본다.

횡성휴게소와 해당 관련 부서에 말하고 싶다.

지금이라도 당장 이중섭 화장실이라고 적힌 현판을 떼어 내도록 하라고 말하고 싶다.

이중섭 화가와 그의 그림을 모독하는 행위라고 말이다.

친구들과의 여행에서 돌아와서 잠시 그러한 일들을 잊고 있다가 일주일쯤 지나서 나 혼자만의 속상함을 이기지 못하고 항상 나의 답답함을 잘 들어 주고 해결책을 제시해 주는 좋은 친구를 만나 지난번 여행에서 이런 일이 있었다며 말해 주었다.

친구 역시 이야기를 듣자마자 세상에 그런 일이 있었느냐면 있을 수 없는 일이라고 상당히 홍분한다.

그리고 어디로 글을 보내야 그러한 잘못된 일을 고칠 수 있을까를 생각하더니 '내가 한국도로공사에 보내줄게'라며 당장에 PC방에라도 뛰어갈 기세를 보인다.

그날 저녁 친구가 전화가 와서 하는 말이 방금 내가 너의 생각을 잘 알고 그 생각을 민원 제기했다고 한다.

휴게소를 들렀다가 화장실 입구에 붙어있는 이중섭 화장실이란 현판을 보았다.

당신네들의 의도와는 달리 횡성 한우와는 관련이 없는 소 그림이다. 화장실에 이중섭의 이름을 붙인 것은 화가를 모독하는 행위이다. 즉시 떼어내고 그림도 이동하여 전시하기를 바란다.

이와 같은 내용으로 민원을 넣었다는 이야기를 듣고 나니 결과와 상관없이 내가 해야 할 의무를 이행한 기분이 들고 하여 조금은 후련함과 함께 할 도리를 다한 것 같은 기분이다.

하는 일이 많은 사람인 것도 아닌데 매일을 바쁘게 움직이다 보니 잠시 친구의 민원 제기 일을 또 잊고 있다가 보름쯤 지난 어느 날 깜짝 놀란 마음으로 친구에게 전화해 보았다.

친구 역시 깜박 잊고 있었다며 바로 확인해 보겠다고 한다.

귀하의 보내주신 이중섭 화장실 현판에 관한 민원을 접수하고 직원들 및 관계기관과 의논한 결과 귀하의 의견을 수용하고 휴게소를 찾아주는 여행객 및 많은 국민들께 부족했던 점을 불찰로 생각합니다.
민원 접수 3일 후 이중섭 화장실 현판을 철거하였음을 알려 드립니다. 감사합니다.

친구가 확인한 후 문자로 나에게 알려주었다.
참으로 고마운 마음이 느껴지는 날이었다.
나만이 느끼는 마음이 아니라 그곳 직원들 역시 같은 생각이었다는 마음에 무언가 큰일을 해낸 것 같은 뿌듯함을 가져 본다.

그로부터 3년쯤 지난 가을. 강원도로 떠나는 단풍 구경을 가는 길에 영동고속도로를 올라서자 불현듯 드는 생각이 가는 길에 횡성휴게소를 들러서 화장실을 갔다가 가야겠다, 하는 마음부터 들었다.

한참을 잊고 살다가 영동고속도로에 들어서자마자 오래전 이중섭 화장실 현판 생각이 떠오르는 것이다.

두 시간쯤을 달려 휴게소에 도착하자 마음이 급해진다.

휴게소 도착 후 같이 가자는 일행들을 뒤로하고 급하지도 않은 화장실로 달려갔다.

도착하자마자 입구 현판이 걸려있던 자리를 쳐다보았다.

도로공사의 답변대로 떼어내고 없었다. 뭔가 모를 '됐구나' 하는 안도의 한숨을 내쉬게 된다.

천천히 화장실을 들어서는데 세면기 쪽 간이 휴게시설에 액자의 그림들이 보인다.

그래 내가 이해하자. 이 정도라도 나의 의견이 관철되었으니 이중섭을 알리는 홍보라 생각하자.

그럼에도 불구하고 나에게는 왜 이리 씁쓸함이 많이 생길까….

휴게소의 이중섭

IV

*

뒤돌아보는
시간들

2010년 11월 28일, 저녁 시간.

도로교통공단 서울지부 7층에서 화재가 발생하였다.

순간 눈앞이 깜깜해지는 기분이었다. 도대체 무슨 일인가.

다음날 뉴스에서 확인하고 아침 일찍 현장을 갔다.

매캐한 그을음 내음과 물이 흘러내리고 있는 비상계단을 통해 사무실로 가 보았다. 한 발을 내딛는 순간 눈물이 쏟아지려 했다.

의자고 책상이고 만져 볼 수도 없을 만큼 그을음이 묻어 났다.

책상의 색상이 검은색이 되어 버렸고 칠판 위에 놓여 있던 하얀 분필마저 검은색으로 변해 있었다 .

책상 위에 놓인 미색의 컴퓨터도 그을음에 뒤덮여 버렸다.

불 내음이 지나간 사무실에는 화근 내의 진동으로 오래 서 있을 수도 없었다.

망연자실이란 말이 뇌리를 스치는 순간이었다.

녹색어머니란 빌딩을 지어나가던 나의 원대한 꿈 중에 몇 개 층이 무너진 느낌이었다.

사단법인 녹색어머니 중앙회는 얼마 후 6층으로 내려왔다.

하지만 그 화재 이후 무언가 일이 꼬이는 것처럼 느껴지는 영상이 보이는 것 같았다.

세상의 모든 사람이 나를 좋아할 수 없듯이 세상 사람 모두가 내 편일 수는 없었다.

하지만 난 고문으로서 내 할 일을 다 했다.

사소함에 흔들리고 싶지 않았고 세상의 이치가 그렇지, 하는 그러함에도 흔들리고 싶지 않았다.

그렇게 시간이 지나다 보니 다시 내 곁에서 함께 웃으며 시간을 함께하는 언니, 동생이 되었다.

가끔 기분이 가라앉거나 울적한 날이면 사무실에 앉아 멍하니 창밖을 보며 생각해 본다. 내가 살고 있는 삶이 잘 살고 있는 것인가? 무언가 녹색에 지쳐가는 것일까?

근래에 들려오는 말들이 녹색을 없애려 한다는 것이다.
학부모들의 항의가 많단다. 세월의 변천 때문인지 시대 상황의 변화인지 요즘 젊은 학부모, 맞벌이 가정이 많아지다 보니 녹색어머니 봉사활동이 그들의 삶을 불편하게 할 수도 있을 것이다.
짧은 내 생각은 누군가 해야 할 일이라면 내 아이는 내가 지키는 것이 제일 안전하지 않을까 하는 생각이다.
좀 더 다각적 방안을 모색하여 녹색도 지키고 아이들 안전도 보장하는 절충안을 찾는데 주안점을 두어야 할 것 같다.
언론이나 정책 입안자들, 실무자들도 젊은 엄마들의 불편함만 부각되는 일이 없이 어린이 안전을 최우선에 두고 생각해 보는 노력을 기울여야 할 것이라 생각한다.

좀 더 바람직한 방법을 생각할 수는 없는 일인가?

70년 가까운 역사의 단체, 어린이 안전을 위한 참으로 순수한 자원봉사 단체, 녹색어머니… 이 다섯 글자만 되뇌어도 가슴이 뭉클해져 오는 건 나 혼자만의 감성 탓인가? 이제 내 사업의 방향도 조금은 궤도수정이 필요한 시점이 되어가나 보다.

내 건강을 돌아보고 거울을 보아가며 일하라는 신호를 주는 것일까? 내 스스로 건강을 자신하고 있지만 주변에서 쳐다보는 시선은 아닐 수 있다.

그래 지쳐가는 시간일수록 쉬어가는 것도 좋을 것이다.

녹색어머니의 변화를 내가 막을 수 있는 것은 아니다.

난 할 수 있는 만큼 했었다.

이제 조금 떨어진 곳에서 사태의 변화를 지켜보면서 또다른 대처를 해 나가야 할 것이다.

아직 모든 게 끝난 건 아니다. 또 다른 많은 것들이 날 기다리고 있을 것이다.

뒤돌아보는 시간들

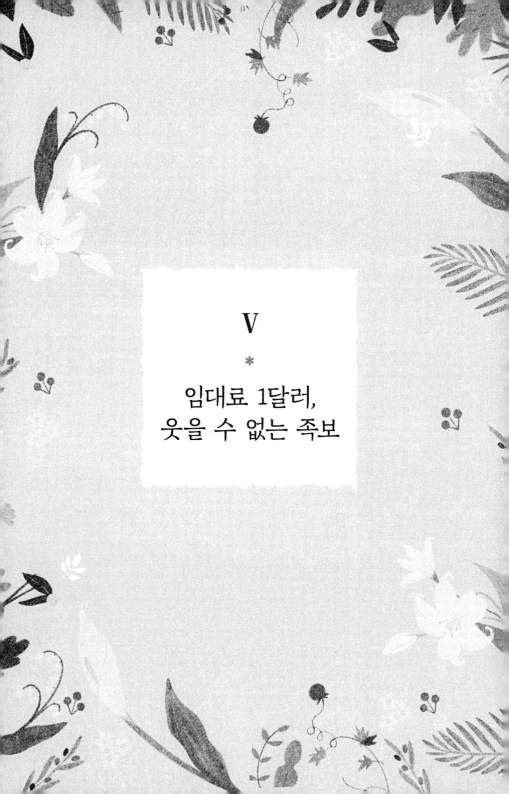

V

*

임대료 1달러,
웃을 수 없는 족보

임대료
1달러

10여 년 전 모임에서 앙코르와트를 보기 위하여 캄보디아를 여행하였다.

꽤 오랜 시간이 지났건만 잊히지 않는 가슴 아픔이 있기에 글로 옮겨 보고자 한다.

요즘의 대다수 사람들은 잊고 살 수도 있겠지만 우리 시대를 함께 살아온 사람이라면 누구나 기억하고 있을 것이다.

캄보디아 하면 가장 먼저 『킬링필드』를 떠올릴 것이다. 200만 명 가까운 국민의 생명을 앗아간 크메르루즈 정권, 지식인도 처형의 대상이었고, 교수와 의사 등은 투옥되거나 처형됐다. 안경을 썼거나 손바닥에 굳은살이 없다는 이유로도 지식인으로 분류되어 처형당했다. 성직자도 처형 대상에 올랐고 불교사찰과 프랑스 식민지 시절에 지어진 가톨릭교회 등은 파괴되거나 곡식 창고로 쓰였다.

말 그대로 죽음의 들판이란 말이 가슴을 아프게 했던 영화였던 것 같다.

상당히 더운 날씨인지라 패키지여행의 매력인 버스 안의 시원함을 즐기며 도착한 곳은 사원으로 느껴지는 곳(사실은 폴포트 정권에 의해 죽임을 당한 유골을 모셔둔 곳)이었다.

열대의 뜨거움을 제대로 느낄 수 있는 더위였기에 일행들은 내리자마자 모두 햇볕을 피해 되도록 그늘 쪽으로 걸어서 입구로 걸어갔다.

캄보디아에 도착하여 며칠 동안 관광지, 길거리 등 많은 곳에서 구걸하는 사람을 많이 보아 왔다. 아직은 가난을 면치 못한 나라인 줄은 알았지만 구걸에 남녀노소가 없을 지경이었다.

입구에 들어서는 순간 뜨거운 햇볕이 내리쬐고 있는 공간에 더위와 배고픔에 지친 듯한 어린 아기를 안고 구걸의 동냥 그릇을 내밀고 있었다.

아이는 제대로 안고 있지 않아 기운도 없고 지쳐서 표현하기가 어려울 정도로 상체가 뒤로 처져 있어 마치 죽음이 임박한 모습을 연상시켜 주었다.

나도 모르게 지갑에 손이 갔다. 같이 걸어가던 일행들 대다수가 지갑을 꺼내들었다.

그때 같이 앞장서 걷던 가이드가 뒤돌아보며 한마디 던진다.

"여기 이 나라에서 구걸하는 사람들에게 절대 돈을 주지 마세요. 구걸하는 사람이나 아이에게 돈을 주면 점점 더 가난의 구렁텅이로 밀어 넣는 결과를 초래하게 됩니다. 이곳 사람들은 우리나라 부모와 달리 아이들에 대한 교육열이 부족할 정도가 아니라 아예 교육열이란 말 자체를 생각지 않고 있습니다. 다시 말씀드리면 아이들은 노동의 도구이자 구걸의 도구로 생각하고 있습니다. 그러하기에 돈을 준다면 그러한 사고가 더욱 심화될 것입니다."

참으로 슬픈 비극이 아닐 수 없는 현실이다.
그리고 나중에 가이드로부터 들은 이야기는 더욱 충격적이었다.
아니, 충격을 떠나 믿기 어려운 이야기였다.

"여기는 여자들이 거의 20세가 되기 전에 결혼하게 됩니다, 가정형편이 다들 어려우니까 입을 덜자는 의미도 있고요, 그런데 아까 구걸하는 사람의 아이는 첫돌도 지나지 않은 어린 아기인데 비해 엄마는 나이가 좀 들었지요? 대다수 구걸하는 여자들은 관광객에게 보다 많은 동정심을 유발하기 위해 어린아이를 1일 단위로 빌려서 데리고 옵니다. 하루에 1달러의 돈을 지불하고 빌려오는 것입니다."

가이드에게 들은 이 말은 참으로 믿고 싶지 않았고 믿을 수 없는 이야기였다. 돌아가는 버스에 앉았을 때 머리가 터질듯하고 좋지 않은 감정이 솟구쳐 올랐다. 사실일까? 설마?

나중에 한국으로 와서도 가끔씩 노숙자나 전철에서의 구걸하는 사람을 볼 때마다 캄보디아에서의 일 달러에 빌렸다는 아기가 떠 올라 씁쓸함을 삼키곤 하였다.

웃을 수 없는
족보

패키지 여행을 자주 다니다 보니 알게 된 일종의 노하우
가 생겼다.

물론 여행을 간다는 것은 쌓인 피로와 스트레스를 색다
른 이국으로 가서 새로운 것을 보면서 풀자는 게 가장 큰
목적이라 할 수 있을 것이다.

그러나 색다른 것을 본다는 것도 좋은 관광이지만 몰랐
던 이야기, 내가 모르는 상식을 얻고 가는 행복함도 여행의

즐거움이란 걸 가끔은 느끼게 되었다.

그래서 되도록 가이드 가까이에 가면서 듣는 소소한 이야기들이 관광지의 기초적 지식 외에 많은 것을 담아 갈 때가 많은 것이란 게 나만의 노하우였다.

어디선가 읽었던 글인데 잠시 많은 생각을 하게 해 준다.

관광은 즐거움을 주지만 여행은 노고를 필요로 한다.

이번 캄보디아 여행은 즐거움이나 노고를 주는 기쁨이 아닌 뭔지 모를 씁쓸함과 슬픔을 주었다는 표현이 맞을 것 같다.

앙코르와트가 멀리 보이는 곳에 버스를 내려 오토바이를 개조해서 만든 툭툭이를 타고 사원 근처에 도착했다.

가이드가 올 때마다 들렀다는 과일 가게에 앉아 잠시 쉬었다 가기로 했다.

가게의 젊은 30대 초반이나 20대 후반쯤 되어 보이는 주인과 안부를 주고받는 것 같았다.

마침 나는 일행과 떨어진 가이드와 주인 여자가 이야기

하는 과일 가게의 끝자리 그늘에 앉아 땀을 식히고 있었다.

주인 여자의 딸로 보이는 8살이나 9살쯤으로 보이는 두 아이를 보면서 세상 어디나 가난하거나 부자이거나 어린이는 다 귀엽고 예쁘구나 하는 생각을 하고 있었다.

그러던 중 두 아이와 뭐라 이야기를 마친 가이드가 나를 보며 알 수 없는 헛웃음을 지으며 이야기를 한다.

"조금 전에 나하고 이야기하던 아이 두 명이 저기 여자 사장의 딸이에요, 여덟 살, 아홉 살이고요."

내 예상이 맞았구나 하는 생각으로 이야기를 듣고 있었다.

"제가 이곳 캄보디아에서 처음 가이드 생활을 시작할 때가 15년이 조금 지났습니다. 그때 저기 여자 사장이 지금의 여기 두 딸 정도의 아홉 살이나 열 살쯤 되었을 것 같네요."

갑자기 긴 한숨을 내쉬며 뒷말을 잇는다.

"그런데 그때 지금의 저 여사장이 가이드인 나에게 와서 고무줄 손목 팔찌를 보이며 하는 말이 '오빠 나 여기 관광객들에게 이것 팔아도 돼?' 이러는 겁니다."

그러고 보니 두 딸의 손에는 고무줄로 만든 조금은 조잡한 손목에 끼우는 팔찌가 보였다.

내가 힐끔 아이들을 쳐다보고 다시 가이드에게 고개를 돌리니,

"네. 맞습니다. 그때 저 아이들의 엄마가 말했던 걸 지금 저 딸 두 명이 나에게 와서 말했습니다. 5개에 1달러짜리 고무줄 팔찌를 나에게 보이면서 '오빠 나 이거 여기 관광객들에게 팔아도 돼?'라고 말입니다."

순간 나는 조금 의아해졌다. 아니 그게 뭐 어떻게 됐다는 거죠? 하는 표정으로 가이드를 보았다.

"15년 전쯤에 저 아이들 엄마가 저한테 오빠 나 이거 팔아도 괜찮으냐고 했는데 시간이 지나 저 아이들 엄마가 커

서 결혼을 하고 당시 자신의 나이였던 두 딸을 낳고 살아가는데 저기 두 딸이 절 보고 삼촌도 아니고 '오빠 나 이거 팔아도 돼?'라고 하네요. 별거 아니라 생각할 수도 있겠지만 저 아이들도, 그리고 저기 아이들의 엄마도 저를 보고 모두 오빠라고 해요. 도대체 이거 족보가 어떻게 되는지 모르겠네요."

웃으며 하는 이야기 중에 가이드의 표정에서 묘한 씁쓸함이 보이고 나의 가슴에도 뭔가 모를 슬픔이 뒤섞인다.

가난은 대물림한다는 말이 떠오르기도 하고 막연히 족보 이야기로 웃고 지나갈 이야기는 아닌 것 같은 기분이다.

왜 오랜 시간이 지났던 일인데 내 머릿속에서 지워지지 않고 남아서 오늘날 이 글을 쓰게 되었는지 모르겠다.

슬픈 족보, 앙코르와트

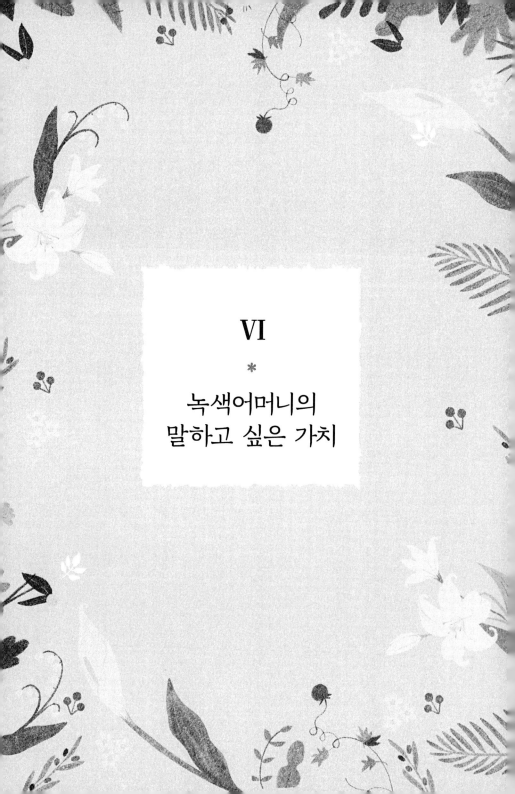

VI

*

녹색어머니의
말하고 싶은 가치

이렇게 각 지역의 회장님들과 임원진, 이사님들 앞에 서
게 된 것을 정말 영광으로 생각합니다. 인사치레의 말이 아
니라 제가 선 이 자리가 참 중요하고 보람찬 자리이며 녹색
을 사랑하며 살아온 시간을 새삼 느끼게 되는 순간이네요.
　이미 회장님들께 설명해 드린 바도 있었습니다. 오늘 이
렇게 신임 회장님들 모두 앞에서 나름대로 생각해 왔던 것
을 몇 가지 말씀드리겠습니다.

　저는 오늘 여기 계신 회장님뿐 아니라 전국에 산재한 녹
색어머니 각 지역 연합 회장님들도 함께 익혀야겠다는 마

음에 몇 가지 정리해 보았습니다.

그리고 먼저 오늘 제가 말씀드리는 건 제가 많이 알아서이거나 혹은 제가 잘나서 그러한 것은 절대 아니니까 그러한 오해는 하지 마시고요.

다만 제가 오랜 시간 저절로 마치 몸이 기억한다는 말이있듯이 자연스레 익혀진 것을 이 자리에 계신 회장님들 이하 모든 회원들이 저처럼 몸에 익혀지고 숙련되길 바라는마음에서 말씀드리겠습니다.

그럼 오늘은 제가 브랜드의 가치에 대해 먼저 몇 가지 말씀드리겠습니다.

요즘 K팝의 전성시대에 맞게 BTS나 소녀시대가 해외에서 많은 활동으로 한국을 빛내 주었던 걸 우리 회장님들모두 잘 아시리라 생각합니다. 오래전엔 싸이가 터키, 영국까지 진출했죠? 1969년도 클리프 리처드가 한국에서 공연할 때 이화여대 학생들이 스타킹과 속옷 등을 던지고 열광했던 걸 생각하면 제 개인적으로는 유럽 무대에서 한국 가수들이 그야말로 어울리는 단어는 아니지만 반세기만의 복수를 하지 않았나 싶네요자, 그럼 그들의 이름이 가지는 값어치가 바로 브랜드의 가치라고 할 수 있겠죠?

국익에 도움을 주며 한국을 알리는 그 값어치야말로 그들이 벌어들이는 외화보다 훨씬 가치가 클 것입니다.

우리의 녹색어머니 브랜드는 어떨까요?

제가 생각할 땐 굉장히 큽니다.

간단한 예로 경찰서 회의 참석할 때마다 고민이 생긴답니다.

좁은 경찰서 주차장에 주차를 어떻게 하지? 하는 생각에 미리 걱정을 하게 된답니다.

그런데 막상 경찰서 입구에 갔을 때 모든 게 편안해지고 얼굴에 미소가 번지게 되네요.

녹색어머니 행사에 왔다고 하면 정문을 지키는 경찰의 표정과 답변이 우선 부드러움으로 편안함을 주면서 비어있는 자리가 없다면 어디에 어떻게 주차하라고 친절히 말해 주는 순간 아… 이게 녹색어머니의 자랑스러움이고 보람을 가지게 하는구나 하는 마음을 자주 느끼게 되었답니다.

별것 아닌 것 같죠? 하지만 대한민국의 사회생활에서 한마디로 말해서 명함 없이 살아가는 한국의 아줌마로서는 참 기분 좋은 브랜드의 가치를 인정받은 기분이었습니다.

비유가 좀 어색했지만, 제 기분과 녹색어머니의 가치를 알리고 싶네요.

그런데 우리는 이러한 녹색어머니란 55년 역사의 훌륭한 브랜드를 가지고 그냥 썩히고 있는 겁니다.

오히려 다른 단체나 회사들이 우리의 브랜드의 가치를 알고 함께 이용하고 싶어서 안달이 났습니다. 이러한 걸 우리는 남들이 사용하고 우리 자신은 오히려 모르고 있다는 사실이 안타깝네요.

이제는 우리의 고유 브랜드 녹색어머니를 우리가 활용하고 이를 보다 발전시켜서 홍보해야 한다고 큰 목소리로 외치고 싶습니다.

그럼 이제 어떻게 홍보하고 어떻게 포장하여 판매할 것인가를 함께 의논하고 만들어 가야겠죠? 제가 짧은 시간에 많은 것을 알려드리고 싶은 욕심 중 한 가지입니다.

첫 번째로 우리 녹색어머니 신규 회장단이나 신입회원들에 대한 교육입니다.

요즘 국회의원이나 시의원 구의원 모두 당선과 동시에 교육에 돌입합니다.

자신의 업무를 알아야 국민을 위할 수 있기 때문이겠죠? 우리 역시 마찬가지일 것입니다.

신입회원들은 그나마 곁에서 선배들의 행동에서 하나하나 익혀나가고 마음가짐이 중요하다는 걸 인식함과 동시에 녹색의 자질을 갖추게 될 것입니다.

하지만 연합회장님들과 16개 시도 회장님들은 보다 많은 것을 익혀야 할 것입니다.

물론 지역 회원들의 뒷바라지 역할이지만 원활한 업무수행을 위해서 간단한 예로 시도 경찰청이나 행정기관에 예산을 청구하는 일이라던가, 물론 주변에 아는 분이나 다른 단체에 유사한 것을 비교할 수도 있겠죠?

그러한 일들을 누가 가르쳐 주는 데도 없거니와 교육기관도 없습니다.

그리고 주변 타 단체에 우리 모르니까 가르쳐 달라기엔
녹색어머니 연혁에서 보았듯이 우리 녹색이 너무 긴 세월
을 성장해 왔습니다.

우리 함께 머리를 맞대고 회장은 부회장 총무와 함께 의
논하며 그리고 집에 가서는 부족한 것은 남편에게도 물어
보고, 또 아이들에겐 컴퓨터도 익히면서 우리 모두 스스로
반성의 시간과 함께 공부하고 노력하여야 할 것입니다.

두 번째로 남녀가 사랑할 때 아무리 사랑하는 마음이 충
만하더라도 표현하지 않는다면 어떻게 알 수 있겠습니까?
눈빛만으로도 아는 게 사랑이라지만 표현하는 사랑은 두
배가 되지 않을까 생각합니다. 역시 마찬가지로 어린이를
사랑하는 마음만으로 어린이의 안전을 지킬 수 없다고 생
각합니다.

우리 회장님들의 능력을 표출시키세요. 왜 다들 숨겨진
능력을 발휘하지 않고 있는 건가요? 만나는 지역 인사들에
게는 녹색을 자랑하고 어린이 교통안전의 중요성을 피력하
고, 지나치다 마주친 경찰에게는 녹색의 노고를 나타내고,
지역 의원들을 만나면 정치도 좋지만 미래의 주역인 어린이

의 바른 성장을 위해서 무엇이 필요한가를 알리세요.

우리 녹색에게 무엇이 필요한지를 우리 스스로 알아야 후원자가 나타나면 바로 도움을 청할 수 있는 것입니다.

바로 이 부분이 우리 녹색이란 브랜드의 가치를 홍보하는 부분입니다.

왜 그래야 할까요? 우리 녹색은 어린이 안전을 위해서 부족한 것이 너무 많습니다.

회원들이 어린이 안전을 위해서 무엇을 해야 하는지를 알리는 교육자료 즉 책자도 있어야 하고, 가장 기본적인 횡단보도에 서 계시는 우리 회원들의 단정함을 위한 옷, 모자, 그리고 가장 중요한 깃발. 함께 모여 의논을 하고 회의를 하려면 배고픔을 참아가며 하기는 힘들죠?

예를 들자면 식사도 해야 하고 녹색이니까 맛있는 녹차라떼라도 한잔하며 이야기를 나누어야겠죠? 모든 게 금전적 뒷받침 없이는 힘이 들 것입니다.

바로 우리 회장님들이 하셔야 할 일들 중 첫 번째가 회원들이 봉사할 수 있도록 뒷받침해 주기 위해서 뛰어다니며 후원처를 구하는 일입니다.

물론 행사에 초대받아 앞자리에 자리하겠죠? 하지만 앞
자리에 앉았다가 오기만 하면 되는 것이 아니랍니다.

바로 회원들의 대표로서 초대받아 앉았다면 그 자리 앉
은 만큼의 책임이 따르는 것입니다.

우리 녹색이 기부금 영수증을 발행할 수 있다는 것은 잘
알고 계실 겁니다.

남발되어서는 안 되겠지만 여유 있는 사업체를 지니신
분들이나 명망 있는 분들께 우리 녹색어머니의 하는 일을
누구보다 잘 알릴 수 있는 능력을 먼저 키우고 그다음 소상
한 설명으로 후원을 유치하고 또한 그분들께 기부의 보람
과 함께 세제 혜택의 유익함도 알리며 함께 상생함을 회장
님들이 하여야 할 것이라 생각합니다.

그리고 이제 마지막으로 드리고 싶은 말입니다.

녹색어머니의 하는 일이 봉사입니다.

우리의 회훈이 무엇인지 잘 알고 계시죠?

웃으면서 봉사하고 사랑으로 실천하자

웃음이 무엇입니까? 바로 기쁨이고 또한 행복한 마음이라 생각합니다.

그리고 무엇을 하든 사랑으로 실천하는 일에 걸림돌이 있을 수 있겠습니까?

하지만 이제 우리는 반세기를 지나 장년의 나이를 지닌 성숙함을 모두에게 보일 때입니다.

모든 것이 과도기를 지나서 성장하는 한 과정일 것입니다.

각 지역, 그리고 그 누가 회장이 되거나 임원이 되어도 전임자의 잘 닦여진 길을 더욱 보완하고 잘 정리되어있는 발자취를 보며 후임자들은 바로 나아갈 수 있도록 현재의 위치에서 자신의 일을 정립해 더욱 공고히 해두어야 할 것입니다.

그것이 바로 우리 회훈에 걸맞은 행동 양식일 것입니다.

회장님들께 말씀드리고 싶다는 욕망이 앞서서인지 두서없는 말들이었습니다.

이제 마무리를 해야 할 시간인 것 같습니다.

마무리를 하기 위해 한가지 말씀드릴 게 있습니다.

『녹색어머니의 날』을 선포하고 싶습니다.

중앙회도 있고 서울 녹색, 전국의 시도별 녹색도 있습니다만 아직 아무도 하지 않은 녹색어머니의 날을 중앙회에서 제정했으면 합니다.

그래서 오늘 이 자리에서 제안을 드립니다.

이제 우리 녹색도 녹색만의 컬러를 다양하게 내야 할 때라고 생각했기에 녹색어머니만의 날, 녹색만의 목소리 등을 내고 싶습니다.

찬성 반대를 거수나 박수로 할 문제는 아닐 것이고 진지하게 토의와 회의를 거쳐서 녹색어머니의 날을 제안합니다.

다들 느끼고 계신 생각들이었기에 이해해 주셨으리라 생각하며 이만 마치겠습니다. 감사합니다.

— 녹색어머니 임원진 교육 중에서…

녹색의 가치

나 그대에게 말하고 싶다

쉼 없이 달려온 녹색의 길.

나 혼자 힘든 건가 하는 속상함에 울고 싶기도 했고

어린 동생, 예쁜 후배, 새내기 녹색 그대들과

함께하는 즐거움에 기쁨을 그렸었고

이제는 희로애락을 접어두고 녹색의 제복을 입은 그대들을

잔잔한 미소로 바라볼 수 있는데…

무언가 내면에 남은 그 무엇의 꿈틀거림은 무엇인지.

그래 난 참 열심히 살았다기보다 녹색만을 위해 살았었다.

집 앞 가로수의 녹색 이파리가 파릇하게 자라나고 먼 산봉

우리 전체가 생동감의 푸른빛을 보이기 시작하면

난 무언가에 홀린 것처럼 또 다른 새내기 녹색들을 맞이하

기 위해 활력을 되찾곤 했었지.

그리고 학교 앞 깃발을 들은 그대들을 바라보며 미소 지

었지.

난 어쩔 수 없는 녹색의 여인인가 보다.

난 어쩔 수 없는 녹색의 사랑인가 보다.

긴 세월 녹색을 생각하다 보니 마치 내 몸 안 혈관 속에는

녹색의 피가 흐르고 있음일 것이다.

또 생기에 넘친 녹색의 여인이 달려온다.

긴 여정에 피로가 가득한 나는 그대들의 웃음에 함께 일어

나야지.

난 그대들을 사랑하기에 또 일어나서 함께할 것이라.

VII

*

살아오면서

좋은 사람들
(모델)

활동적인 사람에게만 주어지는 특혜라고 해야 할까?

난 정적인 사람은 아닌가 보다. 아무래도 동적인 움직임이 나에게 맞다. 가까운 친구가 나에게 권했다.

"시니어 모델을 해 보는 게 어떻겠니? 넌 나이에 비해 몸매도 좋고 넌 모든 게 멋지니까 어울릴 거야."

항상 나에게 칭찬만 하는 좋은 친구의 한마디라 생각했는데 하루 이틀 시간이 흐를수록 나의 귓가에 맴돌고 머릿속을 떠나지 않는 생각이다.

하지만 키가 크지 않은 내가? 하는 의구심과 할 수 있을까? 하는 조금은 두려움에 많은 생각을 했었다.

그러던 어느 날 그 친구가 중앙대학교 부설 문화센터에서 시니어 모델 교실을 운영한다며 등록하라고 연락이 왔다.

고마운 친구라고 하기 전에 참 좋은 사람이다

내가 발견해 내지 못하는 나의 내면을 찾아내 주고 등록 일자까지 알아봐 주니 무어라 감사의 말을 해야 하나.

이렇게 글을 쓰는 과정에라도 친구에게 진심으로 감사함을 전한다.

친구의 성의가 고마워서라도 한번 해 봐? 항상 저질러 보는 나의 무모한 자신감이 슬금슬금 고개를 들기 시작한다.

일주일에 한 번. 그래, 해 보자. 그동안 생각 없이 살아왔던 나의 자세가 몇 번 가니까 힘들면서 고쳐져 간다.

대다수 나보다 나이가 젊은 사람들이라 내가 벌써 많은

사람이 모이는 곳에서는 앞장서지 못할 나이이고 뒤켠에 물러서서 지켜보는 나이란 걸 새삼 알게 되었고 한편으로는 또 다른 삶을 바라보며 함께 재미를 느끼어 간다.

시간이 조금씩 흐를수록 알 수 없는 자신감도 붙어가고 후들거리며 떨리던 다리도 힘차게 내딛는 걸음걸음이 되어감을 느끼게 되었다.

게다가 가까이 지내는 사람도 생기고, 생활의 활력이 생기고 내가 모르는 또 다른 세상을 익혀가게 되었다.

어느새 6개월이라는 찰나의 시간이 지나고 발표회를 한다.

최대한 멋진 자세를 잡고 무대를 걸어 나갔다.

박수 소리와 조명, 모든 게 구름 위에 떠 있는 기분이었다.

부끄럼도 창피함도 느껴지지 않는다.

이렇게 내가 용감한 사람이었나를 생각하면서 더욱 과감해졌다. 내 생애 이러한 기분을 맛볼 수 있어서 행복한 시간이었다.

나의 좋은 친구가 아니었더라면 이런 기쁨을 가질 수 있었을까? 마음 한켠에 고마움을 가지면 첫 발표회를 무사히 마칠 수 있었다.

만난 친구들 모두가 그야말로 늘씬하고 멋있다 내가 제일 작은 건가? 수원 광교 쪽에 사는 새로운 친구, 그야말로 늘씬한 영미도 만나고… 좋은 사람들이다.

코로나 시대가 아니라면 본격적으로 좀 더 시간을 가지고 심화 과정으로 들어갔을 것이다.

티브이에 요즘 시니어 모델들의 활동이 예사롭지 않게 보이는 시각을 가지게 되었다.

근래에 당시 동기생들이 모임을 가지고 두 달 간의 연습을 열심히 하여 발표회를 하기로 했다.

모임에서 결정이 되는 순간 가슴이 두근거린다.

잘하고 못 하고를 떠나 마치 역전의 용사들이 다시 뭉쳐서 뭔가를 이룰 것 같은 원대함이 솟아오른다.

어떠한 결과가 기다리더라도 최선을 다했음을 보이자.

여성경제인 협회에 오랜 시간 함께 하다 보니 이래저래 참석하는 곳이 많아졌다. 특히 많은 연말 송년회 모임 중에 합창반 모임이 있는 어느 날 모두가 드레스를 입고 와야 한다는 전갈을 받았다.

나이 들어가면서 누구에게 자랑스레 내세울 게 없는 나에게 그날은 잊지 못할 송년회가 되었었다.

송년회가 무르익어갈 무렵 오늘의 베스트 드레스 상을 뽑는데 내 이름이 마이크를 통해 들려온다.

모델 워킹을 배우고 조금의 활동이 준 행운이었고 두고두고 기억에 남기는 아름다운 순간이었다.

지나고 나니 나의 생은 행복이었고 기쁨이었다.

살아오면서 좋은 시간

VIII

*

녹색어머니 2

김정희
유니폼 기획

그래, 난 원래 녹색어머니였고 영원한 녹색어머니다.

누군가 하던 말이 생각난다. '아마 회장님은 피도 녹색일 거예요' 하며 우스갯소리로 넘겼던 말들이 이제 와서 머릿속을 맴돌고 잇다.

1986년, 갑자기 큰아들이 다니는 초등학교에서 연락이 왔다. 학교 어린이들의 안전을 위해서 봉사활동을 좀 해 달라고….

그렇게 시작한 녹색어머니 활동이 학교에서 어머니회, 육성회회장을 맡고 녹색어머니회장도 맡고 많이 바빴다.

그렇게 건강한 체질이 아님에도 불구하고 다행히 아픈 곳 없이 활동할 수 있었음에 항상 감사함을 느끼고 있다.

남의 말을 귀담아들을 줄
아는 사람

70년대 후반 외국 여행이 어려운 시기에 주변의 지인 한 분이 여행사에 다니던 중, 외국 나가려는 손님들이 직접 작성해야 하는 당시의 서류들이 많았다고 한다. 신원진술서, 그리고 해외 여행자카드 등 손님이 올 때마다 지금의 미국 대사관 근처에 있던 치안본부 외사과에 가서 인쇄되어 있는 관련 서류들을 눈치를 보며 몇 장씩 떼어 왔다고 한다.

그러던 중 문득 떠오른 생각이 이걸 인쇄를 해서 한 묶음

씩 기성품으로 판매하는 데가 있으면 좋겠다는 생각에 본
인이 직접 인쇄소에 하청을 주어 각 여행사에 이러한 것을
판다는 광고와 함께 가격표를 돌렸단다. 그 당시로서는 대
성공이었단다.

물론 그분은 다니던 회사를 그만두고 바로 인쇄업을 시
작했다고 한다.

내가 하고자 하는 이야기도 마찬가지일 것이다.

나는 아이들이 초등학교 다니던 시절 녹색어머니회 활동
을 하였다. 물론 10여 년의 녹색 활동을 하면서 학교 및 강
남구, 서울시 연합회의 중요 직책을 맡았을 무렵에 위의 여
행사 인쇄 이야기를 들었다.

듣고 흘려버릴 이야기일 수도 있었겠지만 녹색어머니들
의 제복 구입의 불편함을 자주 접하면서 언젠가 들었던 해
외여행 서류를 인쇄해서 기성품으로 판매했다던 이야기가
생각났다.

그래 나도 일종의 단체복이니 기성품 인쇄물을 만들 듯
이 대량의 녹색어머니 제복을 기성품 화해서 판매를 해 보

면 어떨까 하는 생각이 떠오른 것이다.

그렇게 해서 시작된 의류 사업, 의류 사업을 처음으로 시작한 나에게는 힘들었던 점이 많았지만 예상했던 것보다 빨리 안정적 궤도에 오를 수 있었다.

1997년 6월 사업자를 내었다.

내 이름 김정희를 앞세웠다.

『김정희 유니폼 기획』

가까운 친구와 후배가 함께하는 자리가 있었을 때 그들에게 의견을 물었다. 모두가 알다시피 조만간 녹색어머니 관련 의류와 제품을 판매하는 사업을 시작하려고 하는데 상호는 어떤 게 좋을까? 하고 진지하게 물어본 적이 있었다.

그때 모두의 대답이 한결같이 김정희 본인의 이름을 앞세우라고 권한다. 시대적 흐름이 이름을 앞세우는 게 유행으로 퍼진 시절이 아니건만 모두가 그렇게 권했던 것이다. 고마운 친구들.

어디서 그런 용기가 생겼는지 남다른 용감함을 가졌나보다.

나의 이름을 앞세웠기에 그 이름에 부끄럽지 않은 물건을 만들어야 했고 내 이름에 걸맞은 행동을 해야 할 것이다.

지역별 녹색어머니 행사에 참여하여 같이 자리를 할 때가 많다.

언제가 한번은 행사에 가서 잠깐 인사말을 해야 할 때였다.

많은 임원진들은 자주 만나다 보니 나와 서로 얼굴을 알고 지내지만 수많은 녹색어머니들을 다 알 수는 없는 노릇이었다.

그날은 나를 알리고 모두에게 인사말을 전하기 위해 생각하던 중 모두가 우리 회사 김정희유니폼의 옷을 입고 있는 것에 주안점을 두기로 했다

"안녕하세요? 오늘 행사를 축하하기 위해 달려온 고문 김정희입니다. 하지만 제가 누구인지 모르시는 분들을 위해 말씀드리겠습니다.

지금 여러분이 입고 계시는 옷을 제작한 사람, 목 뒤편에 붙어있는 라벨. 바로 '김정희 유니폼 기획'의 김정희입니다."

갑자기 환호와 함께 열광의 박수 소리가 터져 나왔다.

정말 예상외의 반응이었다, 난 그저 나를 보다 자세히 알리기 위함이었는데 이렇게 열렬히 환영해 줄 줄 몰랐었다.

보다 더 행복하게 느꼈던 건 그뿐만이 아니었다

행사가 끝난 뒤 여기저기에서 자신이 입고 있는 옷의 제작자와 기념사진을 찍자고 줄을 서 있는 것이다

물론 신기함과 즐거움의 표출이겠지만 나로서는 생애 느껴보지 못했던 연예인들이 이런 기분일까? 하는 조금은 구름을 밟는 기분을 느낄 수 있는 시간이라 정말 행복했었다.

나는 나의 장점 한 가지를 잘 알고 있다.

누구든 마주한 사람이 무슨 이야기를 하면 귀담아들을 줄 알고 듣는 이야기 중에서 내가 취할 수 있는 게 무엇인가를 생각하는 게 나의 장점이라 스스로 생각하고 있다.

하지만 추진력에 비하여 응용력이 좀 부족하다는 것도 잘 알고 있다.

한 마디로 통 크게 시작했다. 얼마나 팔릴지도 모르면서

자신감만 넘쳤다. 미리 많은 옷을 확보했다.

누구든 주문만 하면 한달음에 바로 납품을 했다.

그리고 수량을 생각지 않고 한 벌이든 열 벌이든 달려갔다.

지역의 녹색어머니들을 직접 만나고 차를 마시고 얼굴을 익히고, 그동안 나는 차츰 얕은 지식이었지만 나름의 전문가다운 느낌을 가지게 되었다.

그러다 보니 자연히 언니 동생이 되고 제품 이외에도 서로의 마음을 주고받는 사이로 변하게 되었다. 몇 사람만 모인다고 하면 달려가서 함께 했고 사소함에 인색하지 않았다.

이렇게 많은 녹색 행사에 다니다 보니 자연히 담당 경찰관들과도 얼굴을 익히고 친분을 쌓게 되었다.

어느 해인가 강남경찰서 행사에 가서 서장님 방으로 초대되었다. 잠시 앉아서 차를 마시며 이것저것 이야기를 나누고 서장님과 많은 대화를 나누던 중 신임 경찰관들 이야기를 하면서 경찰대 졸업생들 중 가까운 곳에 좋은 친구가 있으니 혼사 자리를 알아봐 달라고 하셨다.

어느 정도의 시간이 흐르고 청담 녹색회장과 함께 행사장에 갈 일이 있었다. 그런데 마침 행사장이 청담 파출소 인근이라 서장님이 이야기한 청담 파출소장이 참석한 것이다. 경위 계급장을 달고 있는 한 젊은 경찰관이 늠름한 모습으로 맞이한다. 이제 막 경찰대학을 졸업하고 첫 부임지로 발령받은 청담파출소 소장은 아직 앳되어 보인다는 표현이 어울릴 만한 모습과 함께 누가 보아도 아… 저 정도의 친구라면 누구나 혼사 자리를 마련해 주고 싶다는 마음이 생기는 인품을 지니고 있었다.

당시의 서장님 말씀이 아직 총각이고 아주 똑똑하고 인물도 좋고 하니 여기 계신 회장님들께서 우리 청담소장을 책임지고 좋은 짝을 구해 주시기 바란다며 신신당부를 하였었다.

서장실께 이야기 듣던 이야기와는 달리 지역파출소 소장 자리의 몇 개월 경륜이 쌓인 탓인지 조금의 여유가 보이고 노련함도 가진 늠름한 청년 경찰의 모습이 보이는 것 같았다.

한번 중매를 해 볼까? 하는 나의 오지랖 섞인 생각이 머리를 스치기 시작한다, 그리고 머리에 떠오른 집안의 조카 딸 아이가 생각났다. 나의 조금은 급하고 신속한 처리의 성격 탓 인지 그 자리에서 바로 청담 소장에게 운을 띄워 보았다.

정말 고맙다며 진심이 느껴지는 감사 인사의 모습을 보고 아… 이 사람이면 누굴 소개해도 괜찮은 사람이구나 하는 것을 느낄 수 있었다.

얼마의 시간의 지나고 조카와 청담 파출소장의 자리를 마련해서 마주하고 보니 사람을 소개하는 게 참 힘들고 어려운 일인데 이렇게 해도 되나? 하던 의구심이 사라질 만큼 잘 어울리는 선남선녀의 만남이란 게 보인다.

젊은 청춘들의 만남이라 그런지 일사천리의 진행 소식이 들리더니 결혼식 날짜가 잡혔다.

결혼식에 참석하여 두 사람의 혼례를 지켜보니 나 스스로 참 잘한 일을 하였구나 하는 생각을 가지지 않을 수 없을 만큼 행복해 보이고 잘 살 것이라는 미래가 보이는 것 같았다.

그 이후 간간이 만나고 전해오는 소식은 좋은 소식, 기쁜 소식뿐이다. 오랜 시간이 지나고 서울의 모 경찰서 서장으로 부임하였다는 소식도 들리면서 지금 이 시간이 지나도록 불화 없이 잘살고 있다는 소식은 뿌듯한 마음을 가지게 하고 있다.

사람의 인연이란 게 참 알 수 없다. 하지만 우연한 만남과 갑자기 떠오른 조카의 생각이 두 사람의 인연을 만들고 또 다른 인생을 설계하게 되었으니 참으로 큰 기쁨이라고 할 수 있을 것이다.

앞서 말한 대로 나의 성격이 깊은 생각 이후에는 추진력을 앞세우는 성격이다 보니 사업적 면에서도 나는 항상 크고 먼 앞날을 보며 과감히 투자하였다.

긴 시간이 지나지 않아서 녹색어머니들과 함께 움직이는 하나가 되었다. 녹색어머니와의 대화를 자연스러우면서도 익숙하게 이끌 수 있었고 그들에게 많은 녹색의 과거를 이야기해 줄 수 있게 된 것이다.

나의 모든 녹색 활동이 후배들에게는 학습이었던 것이다.

지금도 마음속 깊은 곳에는 세계를 일주한 마젤란이 되고 싶고 대서양을 건너 아메리카를 발견한 콜럼버스가 되고 싶다.

물론 과정에서 아메리카를 인도라고 착각한 시행착오를 겪을 수도 있을 것이다.

그래도 나는 비록 나이는 조금씩 들어가지만 식지 않는 열정을 가지고 나아가는 삶을 살아갈 것이다.

자랑스러운 녹색어머니

녹색과 함께 걸어온 길

오랜 시간 기나긴 녹색의 길을 하염없이 걸어왔다
참으로 긴 시간의 먼 길을…
힘차게 달리다가, 때론 천천히 걷고 그러다 길가 작은 바위
에 걸터앉아 쉬어 가기도 하면서 그래서인지 내 몸뚱이는
온통 녹색으로 물들어 있었다.

조금은 떨어진 곳 신작로 건너편에서 바라보고 있는 녹색은
파릇함을 조금씩 벗어버린 퇴색된 낙엽으로도 보이고…
안타까움과 아쉬움에 길가 마른 풀잎 하나 주워 본다.
퇴색의 시간이 지나 봄이 오면
또다시 녹색 엄마들의 파릇함이 오겠지.
그날을 향해 나는 다시 일어나 걸어야겠다.

IX

*

숨 막히는 시간

5년 전 삼복더위라 말하는 7월 말쯤의 어느 날이었다

도곡동 사무실에서 길 건너 양재동에 있는 우체국에서
일을 마치고 육교를 걸어서 건너기엔 너무 덥기도 하여 잘
이용하지 않던 엘리베이터를 이용하고자 스위치를 누르자
바로 내려온 엘리베이터에 올랐다.

인간의 운명이나 모든 행위는 사소함에서 시작된다는 걸
깨닫는 사람이 얼마나 있을까?

나 역시 살아오면서 그러한 생각 자체를 해 본 적이 없
었다.

2초쯤 지났으려나? 갑자기 덜컹하는 소리, 약간의 충격과 함께 중간쯤에서 멈춰 버린 것이다.

순간 덜컹거림의 충격으로 인한 약간의 두려움은 있었지만, 별일 아니겠지 하는 마음이었다.

그러면서도 아무도 없는 승강기 안에 나 혼자라는 걱정도 생기기도 했지만 무슨 일 있겠어? 하면서 고쳐질 거라는 생각에 스위치를 눌러 보았다.

이것저것 눌러보아도 아무런 반응이 없다. 반응 없는 승강기 스위치에 불안한 마음이 머릿속을 뒤덮고 식은땀이 나기 시작한다.

당황하고 급한 마음이 앞서니까 아무 생각이 나지 않는다.

무엇부터 해야 하지? 그러다 조그만 패널에 적힌 애프터서비스 전화번호가 보인다.

안도의 숨이 쉬어진다. 떨리는 손으로 번호를 눌렀다.

사정을 이야기하면 바로 달려올 줄 알았다.

나의 잘못된 생각 이전에 답변은 엉뚱하게도 자기네들의

서비스 기간이 끝나고 업체가 변경되었다고 말하면서 번호를 알려 주었다.

알려준 번호로 전화를 하니 최소 30분이 걸려야 올 수 있단다.

벌써 승강기 안에 갇힌 지 20분이 지나 삼복더위 날씨에 온몸이 땀에 젖어 버렸다.

아래를 내려다보니 사람들이 몇몇이 모여 웅성거림이 느껴진다.

불현듯 강남구청이 생각났다.

어째서 119에 전화할 생각이 나지 않았을까?

승강기와 관련 없는 부서였던 것 같은데 녹색어머니 관련으로 자주 찾아가던 부서라 부담 없는 마음에 무조건 전화했다.

순간 아… 역시 난 녹색이 우선이구나 하는 것을 느끼지 않을 수 없었다. 그렇게 땀에 젖고 약간의 두려움으로 인한 공포 속에서도 녹색 관련 생각이었으니,

조처하겠다는 답을 들으니 한결 마음이 놓인다.

밖을 보니 112 순찰차가 와 있다. 밖에서 쳐다보던 행인 중 누가 신고를 했나 보다.

무어라 고함을 치며 경찰관이 이야기를 하는데 잘 들리지 않는다. 또 시간이 지나 거의 50분이 지났다.

얼굴도 땀에 젖고 온몸이 흥건히 젖었다

경찰의 신고로 119차량이 왔다. 사다리차로 올라온 구조 대원이 승강기 앞에서 조금만 기다리시라고 크게 말한다. 그렇게 크게 말하지 않아도 잘 들릴 텐데 하는 생각이 들었다.

그러한 생각이 떠오르고 구조 대원들을 보니 걱정이 해소되었구나 하는 마음이다.

TV 뉴스에서나 보던 공구들을 들고 119 구조 대원의 바쁜 손놀림으로 승강기의 문을 벌리기 위해 애를 쓰고 있다.

여유가 생긴 탓일까? 긴장과 두려움으로 흘리던 내 땀보다 날 구조하기 위해 고생하고 있는 구조 대원들의 흘리는 땀이 더 안타깝고 애처로운 마음이 들고 있었다.

마침내 승강기의 문이 강제로 열리고 나는 생전 처음으로 고가사다리차의 속칭 말하는 바가지 안에 조심스럽게

타고 내려왔다.

 살아가면서 누가 이러한 경험을 해볼 수 있을 것인가? 일부러라도 해볼 수 없겠지만 너무 끔찍한 순간이 아닐 수 없었다.

 내리자마자 곁에 서 있던 구조 대원이 심하게 땀 흘리는 나를 보더니 근처 가게에 가서 음료를 사다 주며 땀을 많이 흘렸을 때는 이온 음료를 드셔야 한다면서 나에게 건넸다.

 조그만 한병의 음료가 이렇게 맛있는 것인 줄 몰랐다.

 내려와서도 계속 흐르는 땀과 가슴의 두근거림에 이러한 나의 모습을 많은 사람들에게 보인다는 것이 너무 부끄럽다는 마음에 구조 대원들에게 고맙다는 말도 제대로 할 겨를이 없었다.

 누군가 와서 강남구청에 전화 주신 것 전달받고 온 직원이라며 인사를 하고 명함을 준다. 차후 무슨 일 생기거나 건강상 문제가 발생하면 즉시 연락해 달라고 한다.

 담당 서비스 기사도 아닌데 그렇게 와준 게 고마운 일인

데 그 당시에는 창피하기도 하였지만 관련된 모든 사람이
원망스럽기만 하였다.

　나중에 알고 보니 사고지점은 서초구청 관할이었다.
　강남구청은 아무런 책임소재가 없었건만 급하니까 내가
살고 있는 곳만 생각하게 되었나 보다. 지금에 와서 생각하
니 더 미안한 마음뿐이다.
　그 길로 바로 집으로 와서 샤워를 하고 떨리는 몸이 진정
되지를 않아 침대에 누웠다.
　한 시간 전의 일들이 꿈만 같았다. 악몽 같은 일이라 그
런지 두 번 다시 그러한 일은 꿈도 꾸고 싶지 않았다.
　집에 와서 풀린 긴장 탓인지 머리도 아프고 온몸이 욱신
거리는 느낌이다.

　하루가 지나고 나니 나의 용감한 성격 탓인지 컨디션이
좋아졌다.
　무슨 전쟁터를 다녀온 것도 아닌데 무용담을 늘어놓듯
친하게 지내는 친구에게 어제의 전쟁과 같은 이야기를 들
려주었다.

이야기를 듣고 난 친구가 호들갑을 떨며 하는 말이 이런 일이 일생을 살아가면서 누구나 겪을 수 있는 일이 아니지 않느냐, 그리고 사람의 생명이 오가는 문제였다면서 왜 병원을 가지 않고 그냥 집에 있었느냐부터 구청 해당 부서에 민원을 넣어서 사과를 받고 배상도 받으라는 것이다.

들고 보니 그래야 하나? 하는 생각이 든다. 건강에 큰 문제가 없으니 배상까지 받을 건 아니라는 생각이 들고 녹색어머니회 활동을 하면서 관공서와 가까이 지내던 게 몸에 익숙한 탓에 민원을 제기할 거는 아니다 하는 생각이다.

한편으로 이러한 사고가 또 생기지 않게 하기 위해서나 승강기 고장에 대한 수리 완료 등을 알아봐야 하나 하는 마음에 나보다 사리 판단이 빠르고 현명한 친구에게 어제의 이야기를 들려주면서 자문을 구했다.

역시 그 친구는 일 처리가 명확하고 논리 있는 설명으로 답을 주었다.
심지어 구청에 넣을 민원에 내용까지 구체적으로 설명

해 주었다.

친구의 말대로 살아가면서 보편적으로 겪을 수 있는 일은 아니란 친구의 말이 맞다.

하지만 나의 성격에 맞지 않는 일은 하고 싶지 않아 그냥 간단한 내용을 적어서 해당 부서에 민원을 넣었다. 그 후 알려온 바에 의하면 서울 전역에 모든 엘리베이터 안에 긴급전화 및 각 관련 부서 연락처 등을 새로 정비하였다 한다.

내가 또 뭔가를 한 건가? 결과론적으로 볼 때 살아가면서 사회를 위해 조그마한 일익을 했구나 하는 자부감을 가져보았다.

세상사가 재밌는 것인지 5년쯤 지난 어느 봄날 승강기에 갇힌 일들도 잊고 살았는데 당시 열심히 조언해 주며 도저히 일어날 수 없는 일이라며 나를 위로해 주던 친구가 인도 여행을 갔다가 호텔 승강기 안에 5분 정도 갇혀 있었단다.

다행히 위층에서 누군가 버튼을 누르는 덕택에 작동이 되어 정상 작동은 되었지만 샤워하고 나왔던 온몸이 땀에 젖으면서 5년 전 나를 떠올렸다고 한다.

당황하거나 흥분하면 말이 잘 나오지 않을진대 하물며 평소 짧았던 영어가 나올 리는 없고 구글 번역기를 이용하여 항의했다고 한다.

그런데 긴 문장으로 항의를 했건만 돌아오는 답은 딱 한 마디였단다.

"I'm sorry."

모든 게 지나고 나면 희극이라 했듯이 시간과 장소의 차이는 있지만 쉽지 않은 유사한 일을 가장 친한 친구가 함께 겪었다는 것만으로도 동질감을 가지고 웃으며 이야기하게 된다.

X

*

녹색어머니 3

아름다운 녹색과
함께하는 이야기들

어느 해 봄, 녹색어머니회 발대식에서 강의할 일이 생겼다. 내가 과연 누구에게 무엇을 말할 수 있을까? 하는 의구심과 약간의 두려움이 앞섰지만 과감하게 떨치고 강단에 섰다.

안주하지 않는 도전 의식과 사물을 쳐다볼 때 사물이 가지고 있는 진실, 즉 뒷면이나 내면에 감춰져 보이지 않는 것을 생각하는 사고를 키우자고 말하고 싶었다.

하나, 희망과 용기를
가지고 있는 여인들에게

안녕하세요? 21세기를 살아가고 있는 아름다운 그대들에게 20세기의 지나간 청춘이 오늘 이 자리에 섰습니다.

지난 과거를 알아야 미래가 보인다는 것을 저와 같은 지나간 20세기 청춘들은 모두가 겪어 보았기에 자신감을 가지고 오늘 이 시간을 함께할까 합니다.

오늘 이 자리에서 여러분에게 전하고자 하는 말의 핵심은 「안주하지 않는 도전 의식과 사물을 쳐다볼 때 사물이 가지고 있는 진실, 즉 뒷면이나 내면에 감춰져 보이지 않는 것을 생각할 줄 아는 사고를 키우자」 하는 것입니다.

사업을 시작하고 긴 시간이 지나 제가 하는 사업이 어느 정도 자리를 잡고 사회활동을 하던 중, 제가 가진 능력의 부족함을 메우고자 배우고 싶었고 배워야만 했던 과목, 사회활동이 많은 저에게 맞는 비정부기구를 뜻하는 NGO(Non-governmental organization) 학과를 선택하여 대학을 졸업하게 되었습니다.

적성에 맞은 과목이었고 배우려는 열정이 스며든 탓인지 4년의 수업 내내 우수한 성적은 아니었지만 주어진 시간에 졸업을 하였습니다.

내 인생 중 스스로에게 대견함과 고마움을 가지게 되는 나날들이었습니다.

학식의 배움이든 사회생활의 배움이든 모든 배움은 언젠가 필요한 시점이 오게 되어 있습니다.

그때 그걸 꺼내서 사용하는 능력이 중요한 거고요.

둘, 창업과
사업

- 선택과 집중
- 시각을 넓히자

전 저에게 주어지는 기회는 놓치지 않고 싶습니다.

그리고 1%의 가능성이 보인다면 99%의 불가능을 이겨
내고 싶었습니다.

여태까지의 저는 그렇게 이겨내는 전투적이고 진취적 생

을 살아왔기에 조그만 사업체라도 꾸려 나가고 있는 게 아닌가 하는 생각을 해 봅니다.

　평범한 직장인의 아내로 살던 제가 의류업을 하게 된 것은 발상의 전환이 아니었나 싶고 그야말로 선택과 집중이라 할 수 있겠습니다.

　저 역시 여러분과 같은 참된 마음으로 어린이 안전을 위해 녹색어머니에 뛰어들었습니다.

　여러분 모두 초등학교 어린 시절 등하교 시간에 멋진 투피스를 입거나 노란 조끼를 입고 어린이 안전 깃발을 들고 신호에 맞춰 호루라기를 불며 어린이들을 초등학교 교문 앞 횡단보도를 건너게 하는 모습이 많이 익숙하시죠?

　바로 그 제복과 깃발 등 어린이 관련 안전용품, 그리고 녹색어머니들의 필요한 모든 제품을 만들고 있습니다.

　저 역시 아들 둘을 키우고 있는 엄마이다 보니 무엇을 하는지도 모르는 상태에서 그냥 아이들 안전을 위해 활동한다기에 내 아이를 지키자는 단순함에 녹색어머니회에 가입하여 활동하게 되었습니다.

몇 년이 지나다 보니 제가 사는 지역 서울 강남구의 연합 회장이 되어 있었고 서울시의 부회장이 되어 있었습니다.

물론 누구보다 열심히 했다는 건 자부할 수 있는 사실이고요.

활동을 하던 중 신입회원이 들어와 제품을 주문하거나 제품의 불량 등이 발생하여 반품을 하면 참으로 오랜 시간이 걸리더군요.

그때그때 제작하여 보내주다 보니 그런가보다 이해는 했지만 긴 시간 새로 들어온 신입회원은 녹색 제복이 아닌 자신의 개인 옷을 입고 활동할 수밖에 없는 실정이었습니다.

제가 일반회원일 때는 깊이 생각해 보지 않았던 문제점이었습니다. 그러던 중 생각나는 게 제 아들 둘이 어린 시절 내 손으로 만든 옷을 입혀보자 하는 조금은 과한 욕심에 1년 과정의 홍익대학교 부설 기관에서 디자인 관련 공부를 한 것이 떠 오른 것입니다.

그리고 그때부터 투피스나 조끼 등을 자세히 살펴보았습니다.

며칠간 나름대로 심사숙고한 끝에 불끈 솟아오르는 도전의식이 생기고 승부욕이 생겼습니다.

그리고 떠오른 생각은 이 정도라면 나도 해볼 수 있겠다.

그 당시에는 몰랐지만 바로 그때가 선택과 집중의 선택의 시간이었나 봅니다.

조금의 시행착오도 겪었지만 열심히 발로 뛰어다니며 내가 도전한 것에 대한 스스로의 책임을 이행하기 위하여 여기저기 힘든 배움의 연속이었습니다.

생각한 것보다 많은 어려움도 있었고 만만하지도 않았습니다.

하지만 모르는 것은 물어가면서 배우고 익히고, 하지만 당시 여자들의 창업은 쉽지 않았지요.

더구나 내 공장 없이 시작했으니 하청 공장을 물색하고, 경기도 인근의 공장을 다니다 보니 좋은 점도 있었습니다.

여기저기 녹색어머니를 찾아다니며 입혀보고 자문을 구한 결과 완제품을 판매해도 손색이 없겠다 싶은 시간이 되었습니다.

준비가 완료됨과 동시에 첫 번째로 머리에 떠오른 것이 녹색어머니 활동 시절 제가 힘들어했고 사업을 시작하게 되었던 구상, 즉 대량 생산으로 주문과 동시에 납품을 하는 시스템과 불량이나 사이즈 반품, 교환 역시 즉시 시행하는 시스템으로 시작하였습니다.

물론 그렇게 하다 보니 직원도 없이 혼자 뛰며 밤 12시 넘어서까지 일하고 또 새벽 4시에 출근하지 않을 수 없었습니다.

가만히 앉아 있는다고 누가 주문 전화를 주는 건 아니었습니다.

그때부터가 아마 선택과 집중, 집중의 시간이라고 할 수 있겠죠.

셋, 온라인과 AI
그리고 키오스크

- 오프라인의 매력

전국의 녹색어머니회 지역 연합회장들을 만나서 차도 마시고 식사도 하고 각종 행사에 얼굴을 내밀며 그야말로 녹색어머니 회원이 없는 독도와 울릉도, 백령도를 제외하고는 뛰어다니고 날아다녔습니다.

참 쉽지 않은 나날들이었습니다. 열심히 살았고요.

그렇게 다니면서 녹색어머니들을 만나서 이야기하다 보니 누구보다 제가 녹색어머니회의 돌아가는 소식을 많이 접하게 되고 전해주는 사람이 되어 있었습니다.

또 많은 것을 녹색어머니의 선배로서 알려주고 가르쳐 주고요.

그러다 보니 많은 것에 도움을 주는 사람이다, 하여 고문, 그리고 자문위원으로 자리해서 도움을 달라는 요청이 많아지고 알게 모르게 녹색어머니의 산중인 즉 일종의 전설이 되었습니다.

전설이란 결코 좋은 것만은 아닌데 말입니다.

지역별 단체이던 녹색어머니회가 전국적 조직인 중앙회를 2006년에 갖추게 되었습니다.

당시 저는 알다시피 녹색어머니 회원은 초등학교 자녀를 둔 어머니들의 모임이라 자격이 안 되는 사람이었지요.

좀 전에 말했듯이 전국의 여기저기 지역에서 고문이다, 자문위원이다, 맡다 보니 자연스레 녹색어머니 중앙회의 초대 고문으로 위촉되었습니다.

여러분도 잘 알다시피 지금 우리가 살고 있는 시대는 모든 것이 인터넷 시대로 온라인 세대가 살아가기에 편한 구성으로 되어 있지요.

식당에 가도 AI로봇과 대화하고 키오스크가 주문을 받고… 참으로 편하게 구성되어 있습니다.

저도 어쩔 수 없이 익혀서 사용할 수밖에 없을 정도니까요.

제가 드리고 싶은 말씀은 온라인 시대에도 오프라인이 필요하다는 것입니다. 왜? 오프라인의 장점이 있기 때문입니다.

온라인이 가지지 못한 인간만이 가질 수 있는 정이 있고 감성이 있습니다.

물론 저도 카톡이다, 페이스북이다, 다양하게 필요에 따라 사용은 하고 있습니다.

하지만 많은 사람이 보내오는 글을 읽다 보면 글에도 감정이 묻어나온다는 것을 많이 느꼈습니다.

여러분들도 충분히 공감하리라 믿습니다. 똑같은 글이라도 쓰는 사람에 따라, 혹은 어떻게 쓰느냐에 따라 보내온

글이 읽는 사람에게 어떻게 와 닿느냐 하는 감정이 달라지고 격이 느껴지지요.

글에도 품격이 있다는 생각이 드네요,

사람과의 만남. 커피 한잔을 마시며 나누는 대화. 언니 동생 하면서 애들 이야기도 하고 세상 돌아가는 이야기에 연속극 이야기도 주고받으며 슬퍼할 일에는 함께 슬퍼하고, 기쁨은 함께 웃으며 떠들고, 키오스크와 할 수 없는 이야기들을 나눌 수 있는 게 바로 오프라인, 즉 인간만이 나눌 수 있는 장점이 아닐까 생각합니다.

전 아직도 20세기를 살아온 지나간 청춘이라 그런지 오프라인의 장점을 추구하는 조금은 뒤떨어진 사람이라 할 수 있겠네요.

어느 게 좋다, 좋지 않다, 할 수는 없습니다.

함께 적절히 병행하여 사용할 줄 아는 지혜로움을 구사하는 것이 필요할 것입니다.

넷, 발상의
전환

지나고 나니 저는 알게 되었습니다.

제가 지금 하는 일은 누구나 할 수 있는 사업이었고 누구나 생각하여 행동에 옮길 수 있는 일이었습니다.

하지만 콜롬버스의 달걀 세우기처럼 먼저 뛰어들었고, 도전하였고, 그리고 멀리서 사업을 찾지 않고 하고 있는 일에서, 평범한 곳에서 진리를 찾는 것이었습니다.

등잔 밑이 어둡다는 말, 가끔은 주변을 돌아보되 깊은 안

목을 키우세요. 그리고 더 중요한 것은 진흙 속에 진주가 있음을 항상 생각하며 찾을 줄 아는 마음의 눈, 심미안을 키우자 하는 말을 하고 싶습니다.

고맙습니다.

오늘 아름다움과 맑은 눈을 가진 녹색의 후배들과의 시간이 저만 좋았던 건 아니길 바랍니다.

제 1 호

위 촉 장

개헌 국민학교 녹색어머니회
회 장 김 정 희

귀하를 강남경찰서 녹색어머니
연합회 회 장 으로 위촉
합니다

1992 년 5 월 13 일

강남경찰서장 총경 이 필

XI

*

살다 보니

아버지의 훈장,
그리고 큰오빠

오빠의 죽음이 가져온 변화

2021년 큰오빠가 돌아가셨다.

평생을 자유로운 영혼으로 삶을 누리시다가 돌아가신 아버지를 대신하여 두 명의 남동생, 한 명의 여동생의 집안 장손으로 평생을 어머니를 모시고 사셨던 큰 오빠가 오랜 병상 생활도 없이 생을 달리하신 것이다.

그 옛날 아버지는 키가 훤칠하시고 그야말로 인물이 훤하신 분이셨다.

거기에다 서울의 명문대학을 졸업하신 면장 집 자제였다. 그 시대로서는 흔치 않으신 분이셨다.

어쩌면 요즘 말하는 그러한 당신의 스펙이 현실에 만족할 수 없는 미래지향적 사고를 가진 자유분방한 영혼을 지니고 살도록 했을 것이다. 그에 비해 오빠는 어떠한 삶을 살았는가?

아버지의 유전자 탓에 오빠 역시 키가 크고 잘생기셨다. 하지만 아버지의 자유로운 삶은 오빠에게 크고 많은 책임감을 안겨주어 엄마 곁에서 떠날 수 없는 일종의 경직된 삶을 살게 되고 양어깨에 가족의 모든 무게를 얹어 놓고 사는 그러한 삶을 평생 살다 가신 것이다.

오빠의 죽음 소식은 엄마에겐 상당한 충격을 예상케 한다.

당장 엄마와의 모든 소통은 당연히 외동딸인 나의 몫이라 생각들 하고 있으니 참으로 곤혹스럽다는 생각이 들었다.

당신의 삶을 소중히 여기며 자신만을 돌보며 평생을 살다 가신 아버지를 탓할 수는 없는 노릇이지만 그러한 아버지 대신 장남인 큰 오빠에게 모든 것을 기대어 사신 엄마에게 장남의 죽음을 무슨 말로 어떻게 아픔이 느껴지지 않게 전할 수 있단 말인가?

원래의 오빠 성격이 누구에게도 모난 소리 한번 해 보지 못하고 사는 사람인 데다, 평생을 엄마와 함께 지내다 보니 함께 사는 조카들이나 올케인 새언니로서는 답답함과 갑갑함이 많았을 수도 있을 것이다.

그러다 보니 가끔은 차라도 한잔하면서 나에게 답답함을 하소연하면 긴 이야기를 함께 나누며 나 역시 그 마음을 이해하고 함께하는 시간으로 올케의 풀리는 기분을 엿보곤 하였다.

나의 예상과 달리 오빠의 죽음 소식을 전해 들은 엄마는 덤덤하신 표정이다.

94세의 연세가 주는 연륜인지 오랜 세월 살아오면서 흘

린 눈물의 시간이 많아 이제는 더 이상 흘릴 눈물이 없는
것인지, 한숨만 쉬며 주저앉아 계신다.

하나뿐인 딸 입장에서는 그나마 큰 다행이었다.

오빠의 죽음을 슬퍼할 겨를이 없이 장례 절차에 산소 문
제까지 많은 일 들이 쌓였지만 정신없는 마음을 주변의 의
견을 들어가며 차분히 마무리할 수 있었다.

어린 시절 우리 가족 모두는 궁색함을 모르고 살았다.

아니 어쩌면 부유하게 살았다고 할 수 있을 것이다.

송파 쪽에서 많은 땅을 소유하여 넉넉한 삶을 영위하시
던 외할아버지, 외할머니의 도움이 컸다.

외갓집에서 사주신 종로구 창신동의 기와집, 그리고 넉넉
한 생필품과 외할머니의 도움은 우리 가족이 궁색함을 모
르고 살기에 충분했던 것이다.

그 이후 화양동으로, 그리고 외가에서 내어주신 가락동
의 땅에 이층집을 짓고 살다가 문정동으로 와서 살았던 것
이다. 하지만 이제 큰 오빠와 어머니가 긴 시간을 함께했던

문정동의 집을 결국 팔 수밖에 없었다.

우리 가족의 삶의 시간을 지켜본 문정동 집이었다.

오랜 세월 홀로 계시는 생활에 익숙해져 있고 많으신 연세로 인하여 거동이 불편하신 건강에 의하여 어머니를 조금이나마 편하게 모시기 위하여 강남구에서 운영하는 세곡동의 시설 좋은 병원에 모실 수 있었다.

많지 않은 조금은 이른 나이에 돌아가신 큰 오빠의 죽음은 엄마에게 갑작스러운 변화를 주었다. 근래의 사회적 인식은 어른들이 아프면 당연히 요양병원이나 요양원으로 모신다, 하지만 내가 아직 구시대와 신시대의 과도기적 중간의 세대라서 인지 마음이 편치 않고 며칠간 모두가 잘했다고 말하지만 병원에 계신 엄마 생각에 눈시울을 붉히는 시간이 많았다.

자식들의 마음은 부모를 내가 모시지 못하고 병원에 엄마를 모셨다는 생각이 불효를 저지르는 마음이다.

하지만 달리 생각하면 누가 곁에서 저렇게 잘 모실 수 있을까? 하는 자위감을 가져 본다.

　다행히 엄마는 일주일이 채 되지 않아 적응하심을 보여
준다.
　매일 몇 통의 전화를 하시더니 일주일쯤 지나 며칠에 한
번 정도로 많이 줄어들었다.
　참으로 자식의 마음을 헤아려 주시는 게 부모인가 보다.
　일주일에 한 번씩 엄마에게 가보면 볼 때마다 규칙적인
식사 때문인지 엄마의 얼굴에서 편안함이 느껴지고 피부의
윤기를 볼 수 있었다.

　오래오래 건강히 지내시며 행복함을 느끼는 삶이 되시
기를.

아버지의
훈장

나에겐 살아오면서 우연이 주는 행운이 참 많은 것 같다.

돌아가신 외할아버지가 나를 보고 '넌 참으로 인복이 많으니 잘 살 거다'라고 자주 말씀하시던 기억이 난다.

잘 산다는 게 어떠한 것인지는 잘 모르지만 항상 좋은 사람들과 함께하고 있는 걸 보면 아⋯ 이게 외할아버지가 말씀하시던 인복이구나 하고 생각한다.

자주 보지 않는 TV를 우연히 보는 중 눈에 잘 들어오지 않는 화면 아래 부문의 지나가는 글씨가 눈에 들어왔다.

당시 국가 보훈부의 광고 화면이었는지 "훈장을 찾아 드립니다"라는 글귀가 지나갔다.

순간 오래전 아버지의 이야기를 물었을 때 엄마가 해주시던 말이 생각났다. 6.25 전쟁 중에 조금 다쳐서 병원에 있다가 다시 군대로 복귀했다는 이야기가 뇌리를 스치며 지나갔다.

순간 나의 특기인 오래전 돌아가신 아버지는 훈장이 없었을까? 하는 생각과 무슨 일이든 나와 연관이 없을까 하며 대비시켜 보는 버릇이 머리를 채운다.

다음 날 아침 국방부에 전화하여 절차를 알아보았다. 하지만 마음과 달리 모든 단어가 생소하고 여자가 살아오면서 들어보지 못한 용어들인지라 어려움에 접할 수밖에 없었다.

몇 번을 묻고 물어 '한번 해 보자' 하는 마음으로 바로 관련 서류를 준비하고자 주민센터로 갔다.

하나하나 물어가며 시작했지만 예상보다 일사천리로 진행되었다, 병적확인서 하나에 모든 게 적혀 있었다.

국방부에 알아본 대로 1950년 6월 25일부터 1953년 7월 27일 휴전협정일 사이에 군대 생활을 하루만 하여도 6.25 참전용사로 인정을 받는다고 하는데 병적증명서에 확인된 아버지의 병역 확인은 전쟁 중 군대 생활로 인하여 참전용사로 인정되고 또한 사병도 아닌 장교(중위)로 군 생활을 하신 것이다.

여태껏 이러한 자랑스럽고 영광스러운 사실을 모르고 살아온 것이고 가정을 등한시하고 당신의 자유로움만을 즐기시는 삶을 사셨다고 아버지를 많이 원망만 하며 지낸 적도 많았던 것이다.

자…! 이제 시작된 일이니 TV 자막에서 본 무공훈장까지 찾아보자.

국방부에 다시 문의한 후 민원을 제기하고 한 달쯤 기다려서 아버지의 화랑 무공훈장 수여 소식을 들었다.

참으로 감격스러움을 느꼈다. 그리고 누구에게도 말하지 않고 했다는 것에 더 큰 괜한 뿌듯함을 가지기도 했다.

주변에 많은 사람들이 있다 보니 듣게 되는 것도 많다.

또한 본인의 일처럼 알아봐 주고 조언을 마다하지 않는다.

무공훈장 수여자는 호국원이 아닌 동작동 현충원이나 대전 국립현충원에 모실 수 있다는 것이다.

그야말로 뜻하지 않은 행운이고 기쁨이다. 마치 복권이라도 당첨된 기분을 가지게 한다.

무공훈장 수여식을 어디서 하시겠느냐 하는 전화가 국방부로부터 왔다. 군부대, 시청, 구청, 거주지 주민센터 등 편하신 곳을 택하라 한다.

주변에서는 군부대나 구청에 가서 거창하게 행사를 치르라고 권한다.

하지만 난 깊이 생각할 것도 없이 지역 주민센터로 결정했다.

엄마가 살던 동네, 그곳에서 아버지의 남기신 훈장을 받는 게 당연하다고 생각했다.

며칠 후 주민센터 2층 센터장 사무실에서 돌아가신 아버지를 대신하여 몇 장의 사진 촬영과 함께 어머니가 무공훈장을 수여받았다.

국가를 위해 온몸을 던져 지금의 이 나라를 지키신 아버지….

참으로 영광스럽고 자랑스러운 자리인데도 불구하고 지난 세월 아버지 생각에 조금은 씁쓸함이 함께하는 건 무엇 때문일까?

훈장 수여 후 주민센터의 안내에 따라 국가 유공자 유가족에게 큰돈은 아니지만 매월 보훈 명예금을 지급받게 되었다.

참으로 미워할 수 없는 아버지의 얼굴이 떠오른다.

국립묘지를 알아보니 대전이나 동작동 두 곳 모두 묘지 안장은 모두 빈자리가 없고 납골당만 남아 있다고 한다.

아버지를 이장한 지 얼마 되지 않은 시점인지라 그 문제는 언제 돌아가실지는 모르겠지만 엄마의 죽음 이후에 생각해 보아야 할 문제인 것 같다.

이번 오빠의 죽음과 오래전 돌아가신 아버지의 무공훈장, 그리고 6.25 참전용사, 엄마의 병원 입원, 이 모든 것이 지나고 나니 한 편의 영화처럼 지나갔다는 그러한 말들이 깊이 와닿는다.

문정동 집에 계실 때보다 지금의 병원에서의 엄마는 잘 적응하신 탓인가? 피부도 좋으시고 건강도 많이 좋으신 것 같아 나의 죄스러운 마음이 조금은 줄어드는 것 같다.

하지만 난 엄마가 보다 건강하신 것도 좋지만 마음속 깊이 행복함을 느꼈으면 좋겠다.

한 말의 떡이 가져다준
친구의 기쁨

　내가 인덕이 있다기보다 나에겐 좋은 친구가 많구나 하는 걸 가끔씩 생각해 본다.

　벌써 세월이 흘러 40여 년이 지났건만 가까이 살면서 함께 웃고 가끔씩 수다를 즐기는 친구 신 여사가 있다.

　아이들이 어릴 적 같은 초등학교에서 녹색어머니 봉사활동을 하면서 친하게 지낸 것이 인연이 되어 오늘날까지 행복한 만남을 이어오고 있다.

가까이 살면서도 자주 만날 수 없음이 항상 안타까움이
었는데 얼마 전 사무실로 찾아오겠다고 나가지 말라고
한다.

신 여사의 성격에 급한 일이 아니면 나가지 말라고는 하
지 않을 터인데 하면서 모처럼 만남을 기대하여 보았다.

"강남구 모 단체에 회장 직함을 맡게 되었어, 그런데 며
칠 뒤에 내가 회장을 맡고 첫 야유회를 가게 되었는데 모두
에게 조그마한 기념이 될 만한 선물을 하고 싶어."

걱정 말라고 하며 과하지 않으면서 기념이 될 만한 것을
권해주고 나는 한 가지 제안을 했다.

"친한 나의 친구 신 여사가 단체의 회장을 맡고 야유회를
가는데 친구로서 내가 일행들의 간식을 해 주고 싶다, 그러
니 거절하지 말고 받아 줘."

갑작스러운 나의 말에 친구는 참으로 고마워한다.
친구의 기쁨이 나의 기쁨이다, 라는 마음으로 며칠 뒤 새

벽 일찍 맞춰둔 떡을 찾아서 출발지의 버스로 가지고 올라
갔다.

"안녕들 하세요? 저는 여기 계신 신 회장님의 오래된 절
친 김정희라고 합니다. 친구가 회원분들하고 같이 야유회
를 떠난다기에 저도 그 기쁨에 조금이나마 동참하는 의미
에서 신 회장의 취임도 축하할 겸 하여 가실 때 간식으로
드시라고 떡을 준비해 왔습니다. 맛있게 드시고 이 단체가
더욱 발전하고 강남구를 빛내는 멋진 모습을 보여주시기
바랍니다."

간단한 인사로 마무리하는 순간 함성과 박수가 상당하다.
그냥 가실 게 아니라 기왕에 여기까지 오셨으니 함께 가
셔야 한다는 것이다.
간신히 거절을 하고 사무실로 돌아왔다.
사무실 와서 생각해 보니 오늘의 신 여사 야유회에 떡을
해 가지고 간 것이 참으로 잘한 것 같다.
진심으로 친구의 회장직도 축하해 주고 싶었는데 다들
많이 좋아해 주고 반겨 주실 줄 몰랐었다.

며칠 후 신 여사의 전화를 받고 나니 나의 사소한 행위가 빛을 냈었다는 것을 알았다.

회원들 모두가 신 여사를 부러워한다고들 야단법석이었단다.

좋은 친구를 두었다, 멋진 친구다, 오랫동안 만났다 하니 앞으로도 좋은 만남으로 이어가라… 등등.

친구의 목소리에서 기쁨의 목소리와 상기되어 있을 것 같은 모습이 눈에 보이는 듯하다.

친구의 기쁨이 나의 기쁨이라 하지만 조그마한 선물이 이렇게 많은 사람들에게 즐거움을 주고 특히 친구에게 활력이 될 만한 마음을 가지게 했다 하니 새삼 나 자신에게 칭찬해 주고 싶은 마음이다.

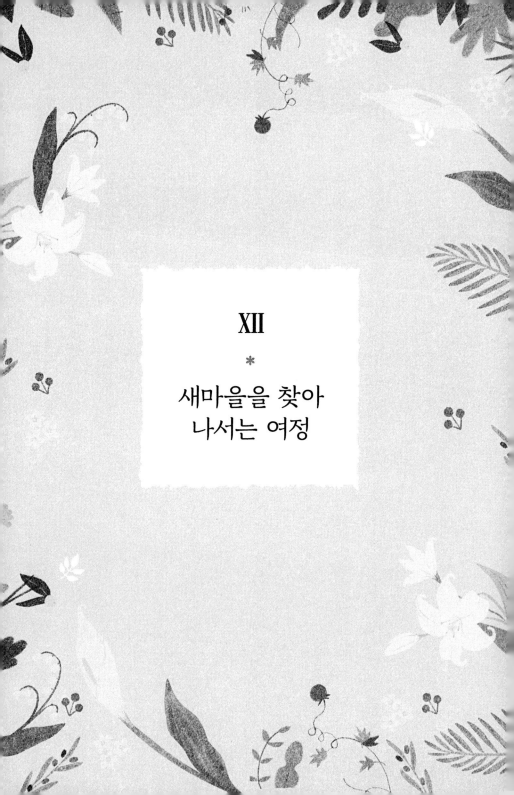

XII

*

새마을을 찾아
나서는 여정

새마을 운동
중앙회

살아가면서 찾아오는 우연은 미리 알 수가 없듯이 그렇게 기대치 않던 우연이란 게 찾아와서 나의 어깨를 두드리거나 팔을 잡고 끌어당길 때가 있다는 것을 느끼게 된다.

왜 내가 이 길을 나서게 된 것일까?

가까이 사는 친구가 모처럼 함께 가까운 곳에 여행을 가자 했다.

어디로 가지? 하는 친구의 말에 누군가에게 들은 적 있는 청도로 가자고 머리에 갑자기 떠오른 대답을 했다.

친구는 아주 좋아하며 하는 말이 "그래, 청도 와인터널 가서 우아하게 한잔의 와인을 마시자"고 한다.

하지만 난 친구에게 말은 하지 않았지만 나름의 생각이 있었다.

지금 내가 몸담고 있는 새마을 운동 중앙본부, 최소한 내가 있는 단체의 역사와 현재의 느낌을 느껴보고 싶었다,

오래전 청도를 다녀온 다른 친구에게 들은 새마을 발상지, 새마을 운동이 처음 구상되어 실천하게 된 곳으로 가보고 싶었다.

왜 그곳이 가고 싶었는지 시간이 지난 지금 생각해 보니 과거를 알고 느낌으로서 미래를 내다보고 싶은 나만의 그 무엇이 있었나 싶은 생각이 든다.

그 미래가 무엇인지 알 수 없지만 나는 나에게 항상 충실하고 싶다. 새마을 중앙회 서울지부에 가입하여 중책을 맡게 되고 봉사의 행복함을 누리고 있는 한 책임 있는 모습으로 살고 싶다.

어느 해 의류 납품 관계로 송파구의 업체를 찾은 적이 있었다.

납품을 마친 후 차라도 한잔 마시자는 제의에 이것저것 이야기를 하던 중 급작스러운 제의를 한다.

자신이 활동 중인 새마을 중앙본부 서울지회에 가입해서서 함께 활동해 보자 했다.

내 인생의 새로운 장을 열게 될 줄이야. 생각해 보지도 않았는데….

함께 일해 보자는 제의와 함께 여태껏 살아오신 연륜과 사회활동을 볼 때 서울지회 이사로 모시고 싶다는 이야기를 하면서 추천해 준 것이다.

항상 고마우신 분으로 기억에 남게 되는 분이다.

평생을 녹색어머니회, 그리고 교통 봉사 등 어린이 안전과 교통안전에만 전념해 온 내가 새마을 단체에 가입하여 봉사하게 될 줄을 누가 생각이나 할 수 있었겠는가?

모처럼 친구와의 기차여행은 즐거움을 지나 행복함이 온몸을 감싸 안는 듯한 기쁨이 넘친다.

기차의 차창으로 빗방울이 가끔 때리기 시작한다. 그래도 내리는 비조차도 반갑다.

동대구역에서 무궁화 열차로 갈아타고 얼마 가지 않아 창밖으로 청도 시내의 아파트 외벽에 새마을 마크가 보이는 것으로 봐서 청도역이 가까워진다는 게 느껴진다.

웬지 시골스러우면서도 정겨움이 느껴지는 색채의 새마을 마크이다. 왜 그 당시 그 새마을 표시가 정겹고 가슴에 와닿았는지 알 수가 없다.

내려서 역 건너편 추어탕 가게로 들어갔다.

MBTI가 ISTJ라 그런가? 나의 덜렁덜렁한 성격과 달리 꼼꼼하고 준비성 많은 친구답게 청도의 유명 추어탕 집을 찾아둔 것이다.

맑은 국물에 우거지가 많이 들어간 여태껏 서울에서 먹던 추어탕과는 조금은 색다름이 맛있고 시원하게 느껴지는 추어탕이다.

택시를 타고 가랑비가 내리는 새마을 발상지를 찾았다.

마침 운이 좋았는지 지긋한 나이의 개인택시 기사분이 나갈 때도 도시와 달리 차가 많지 않으니 출발 전에 전화해 주면 모시러 오겠다고 한다. 여자 둘만의 여행에 큰 도움이다.

제일 먼저 새마을 기념관으로 들어갔다.

사진과 영상을 보면서 지난 우리나라의 역사가 많은 생각을 가지게 했지만 그와 함께 떠오른 것은 어릴 적 나의 생애였다.

그래, '그 시절은 그랬지'라던가 '저럴 땐 난 무얼 했었지?' 등등 참으로 많은 지난 시간을 떠올렸다.

잠시 많은 과거 시간에 들어갔다가 나온 기분으로 밖으로 나오니 박정희 전 대통령의 동상이 서 있다.

왜 오늘따라 비가 오는 것이지? 그렇지 않아도 지난 과거에 사로잡혀 있는 순간에 비를 맞고 있는 박정희 대통령의 모습이 나를 많이 슬프게 하였다.

들고 있던 우산을 대통령의 머리 위를 받쳐 드렸다.

뭔가 모를 뿌듯함이 다가온다. 최소한의 내가 드리는 예의이자 존중이었다.

나의 소중함들

청도의
박정희 대통령과 함께

어딘가에 호소하고 싶은 마음이 든다, 박정희 대통령의
동상에 비 오고 눈 오는 날을 대비하여 우산꽂이를 따로
두고 동상의 한켠에 우산을 받칠 수 있는 장치를 만들면
좋겠다고….

  곁에 있는 신거역, 지금은 운영되지 않는 역이지만 박정
희 대통령이 타고 온 열차가 서 있었다.

올라가 보니 대통령의 집무실, 그리고 침실이 있다.

대통령의 자리에 앉아보고 싶은 순간의 충동이 있었지만 '감히'라는 생각과 함께 마치 크나큰 불경을 저지르는 행동 같다는 생각에 몇 장의 주변 사진으로 만족하였다.

와인터널로 가는 택시 안에서 가랑비처럼 조금은 가라앉는 나의 기분이었다.

비 오는 청도와는 달리 와인터널 안은 온화한 느낌을 주었다.

친구와 와인을 한 잔씩 주문하여 터널의 어두움과 백열등의 조명이 주는 어울림에 와인 한잔으로 조금 전 만난 박정희 대통령의 영원한 미래, 그리고 대한민국의 발전을 위해 건배를 외쳤다.

청도로 내려와서는 비가 와서 그런지 조금은 울적한 기분이었는데 그와 달리 박정희 대통령을 만나고 기념관에 들어가 지나간 대한민국을 느끼고 지금 나 자신을 돌아본 지금은 모든 것이 한결 좋아진 기분이다.

특히 대통령에게 우산을 받쳐주고 난 다음부터 무언가

최소한의 나의 도리를 한 것 같은 기분이 모든 사물을 밝게 하였다.

동대구역으로 가서 서울로 가는 기차를 타고 난 생각하였다.

왜 청도가 오고 싶었을까?

막연히 내가 지금 새마을 단체에 몸담고 있기에 의무감 비슷한 것에 이끌려서 왔나? 아니다 난 이미 어느 정도의 연륜에 의하여 나와 비슷한 세대 모두가 공감하며 살 듯이 나도 지난 시절을 그리워하는 연륜이 되었고 그것이 새마을을 떠올리게 되었고 청도의 새마을 발상지를 가 보게끔 만든 것이라 생각한다.

많은 사람에게 권하고 싶다. 우리가 역사박물관이나 미술관을 가서 많은 감성을 느끼듯이 청도 역시 우리에게 시사하는 바가 클 것이다.

일상을 함께 하는 새마을 운동 중앙회 서울지부, 막상 활동을 시작해 보니 내 나이에 어울리고 활동에 적합한 단체

가 바로 여기였구나! 함을 느끼게 하였다

여기저기 인사를 하고 조금은 부족하지만 추운 날 몇천 포기의 김장도 함께 하며 봉사에 참여도 하는 기쁨을 맛보게 하는 시간이었다. 그렇게 조금의 시간이 흐르다 보니 뜻하지 않게 시장 표창이 주어지기도 하였다.

지금까지 녹색어머니회라던가 어린이 안전학교, 그리고 여성경제인 협회와 체육회 등 많은 단체에서 활동을 하며 받은 표창들이 많지만 나에게 이곳 새마을 운동 서울지부의 활동으로 받은 표창은 또 다른 감회를 가지는 상이었다.

긍정적 삶을 추구하는 나의 성격상 나는 이 모든 것이 감사함을 가지게 하는 일들이었다.

XIII

*

믹스 커피와
어르신

얼마 전 내가 좋아하는 단체의 친구들과 대만으로 여행을 갔었다.

　출발을 3일 앞두고 저녁을 먹고 TV 뉴스를 보는 중 대만 화련에서 진도 7.3의 강한 지진이 발생했다는 걸 보았다.

　이게 무슨 일인가?

　다음 날 아침 이번의 대만 여행을 주선한 친구에게 전화를 했다. 그렇지 않아도 지금 해당 여행사에 전화해서 알아보았다고 한다.

　지진이 난 지역은 대만의 북동 지역 바닷가이고 우리가 여행가는 지역은 남서쪽 가오슝이란 바닷가 도시로 지진

의 피해라던가 모든 위험에서 안전하다는 통보를 받았다
고 한다.

조금은 안정되지 않은 마음이었지만 친구의 말을 듣고 다
행이라는 안도와 지도를 살펴보니 친구의 말이 맞는 것 같
았다.

여행 전날 아들, 며느리에게 여행 일정을 알렸더니 그야말
로 엄마의 안전을 걱정하는 마음이 느껴지는 만류를 한다.

지금은 그쪽으로의 여행은 아니라는 것이고 다음에 저희
가 모시고 가겠다고 한다.

생각보다 만류의 강도가 세다 보니 난감해지는 마음이
들지 않을 수 없다.

저녁 늦게 겨우 안전하다는 말과 함께 설득 아닌 설득으
로 아들들의 허가를 받아냈다.

여행이란 어디를 가느냐도 중요하지만 누구와 가느냐에
따라 행복의 크기가 달라지는 것 같다.

좋은 친구들과 간다는 들뜬 마음에 모처럼 집 근처 공항
리무진 버스에 여유롭게 몸과 마음을 실었다.

나와 아이들이 걱정하고 우려하였던 것이 우스울 만큼 인천공항은 너무 북적대고 있었다.

역시 아무것도 사지는 않지만 면세 구역 안의 번쩍거림은 기분을 들뜨게 하는 그 무엇이 있는 것 같다.

나이에 어울리지 않게 친구들과 많은 수다를 즐기며 비행기에 올랐다.

두 시간 반 정도의 길지 않은 비행이었지만 비행기에 몸을 싣고 친구들과 외국으로 간다는 기분에 비행기와 마찬가지로 나의 기분 역시 하늘을 날고 있었다.

가오슝에 도착하니 함께 여행 일정을 보내게 되는 인원은 젊은 부부들의 모임에서 12명. 그리고 우리 일행 4명, 모두 16명으로 적당한 인원이었다.

컨딩, 타이난 가오슝의 많은 것을 볼 수 있는 시간이었다.

현지 식사도 괜찮았다. 딤섬에 갖가지 튀김들이 유달리 맛있는 식사였다.

식사 시간 때 가끔씩 일행 중 젊은 친구들이 다가와 설명도 해주고 할 때는 고마움과 함께 조금은 이건 뭐지? 내 나이가 벌써 이렇게 보호받아야 할 때인가? 하는 마음을 가질 때가 있었다.

어느 한 곳에서 점심 식사를 하던 중 느꼈던 일을 말해
볼까 한다.

딤섬으로 맛있는 점심을 마친 후 후식으로 무엇을 먹을
까? 하는 생각을 가지고 셀프 바가 준비되어 있는 곳으로
갔는데 큰 유리병에 붉은빛의 홍차가 군침을 돌게 하였다.

유리병에 크게 한자로 紅茶라고 적혀 있었고 불을 피우
지 않고 바로 옆 큰 그릇에 얼음이 놓여 있었기에 홍차가
담긴 큰 유리병을 들려고 하는 순간 근처에 앉아 있던 12
명 일행 중 젊은 친구가 재빠르게 일어나 다가오더니 홍차
가 담긴 유리병을 가리키며 하는 말이

"아…. 어르신 이게 홍차이고요. 얼음을 넣어서 드시면
됩니다."

친절하고 상냥한 목소리로 알려주면 나에게 컵을 건넨다.
순간 내가 하려던 모든 행동을 잊어버리고 "아 고마워요"
하고 인사를 했다.

참 눈치도 빠른 사람이구나, 라고 생각하면 홍차를 가지고 내 자리로 돌아오면서 드는 생각이

"아마도 젊은 친구들의 눈에는 나이 든 사람들은 눈도 좋지 않고 하여 한문으로 써 둔 글씨는 보는데 어려움이 있을 거라는 배려의 생각을 하는구나."

하지만 '나도 글씨가 잘 보이고 다 아는데'라는 생각과 함께 '알 수 없는 고마운 대접을 받는구나' 하는 해 보지 않던 색다른 생각도 해 보았다.

다음날 3박 4일의 일정을 같은 호텔에서 숙박을 하기에 나를 편리한 점이 많았던 여행이었다.

아침 6시 반부터 시작되는 호텔 레스토랑의 식사는 훌륭하다고는 할 수 없지만 여행이 주는 이색적 포만감에 의해 식빵도 굽고 치즈와 버터, 잼을 바른 빵의 맛있음을 즐기게 되었다.

여행의 마지막 날로 기억되는 아침 식사였다.

일행들의 자리에 빵을 가져다 두고 뜨거운 아메리카노를

한잔 가져다 놓고 식사를 막 하려는 순간인데 통로 건너 자리의 젊은 친구가 다가와서 하는 말이

"어르신 저기 커피 자판기 옆에 믹스 커피도 있고 옆 기계에서 뜨거운 물이 나와요."

또 나도 모르게 "아 고마워요." 대답을 했다.

아마도 그 친구는 내가 이미 가져다 둔 한잔의 아메리카노를 보지 못했나 보다. 그리고 그 친구의 눈에 비치는 어르신들은 아메리카노를 마신다는 생각보다 조금은 달달함이 느껴지는 믹스 커피나 다방 커피를 당연히 마신다고 생각하는 것 같았다.

제자리로 돌아간 젊은 친구에게 속으로 말했다.

'아이고 이 친구들아. 어르신보고 어르신이라고 호칭하는 건 그리 듣기 좋은 소리는 아니거든? 그리고 난 아직 믹스 커피보다 아메리카노를 더 좋아하고 뜨거운 물도 어디 있는지 알기에 조금 진한 듯한 커피에 뜨거운 물도 넣어서 왔답니다.'

여행을 다녀온 후 왜 식탁 위에 보이는 달달함이 그리울 때 가끔 마시던 믹스 커피가 보기가 싫어지는 것일까?

마치 믹스 커피는 어르신의 상징인 것 같고 볼 때마다 젊은 친구의 어르신 소리가 들리는 것 같아 보이지 않는 서랍 속으로 넣어버렸다.

녹색어머니의 행복한 활동 시간

XIV

*

녹색과
함께하고픈 이야기

녹색어머니회는 1969년 자모교통지도반으로 출범한 후 1971년 내무부 치안본부(현 경찰청) 시절에 녹색어머니회로 변경하여 2006년 사단법인 녹색어머니 중앙회로 발족하여 현재는 55년의 세월은 꾸준히 어린이 안전을 위해 봉사하고 있는 단체인 것입니다.

녹색어머니의 3대 핵심 활동은
첫째 등, 하교 시 어린이 교통안전 지도
둘째 교통사고 줄이기, 교통질서 지키기 등 교통안전 캠페인 실시

셋째 초등학교 주변 교통사고 취약 지점 제보 및 개선 업무로 요약할 수 있다.

어린이 교통사고 감소의
일등 공신

　우리 대한민국은 1980~90년대 불명예스럽게도 OECD 국가 중에서 거의 꼴찌에 해당할 정도로 교통사고 다발 국가였다.

　실제로 1990년 한 해 동안 교통사고로 12,000여 명이 사망했고 최상의 보호를 받아야 할 어린이들이 1,537명이 사망했다.

　이렇게 교통사고가 심각하다 보니 사람의 목숨이 하늘에

달렸다는 인명재천이 아니라 사람의 목숨이 차에 달렸다는 인명재천이라는 신조어가 생겨날 지경이었다.

이렇게 많이 발생하는 어린이 교통사고 사망이 녹색어머니회의 간절한 바람과 극진한 교통 봉사 활동 때문에 계속해서 감소 추세를 보여왔다.

1990년 1,537명이던 사망자 수가 2000년에는 518명, 2010년에는 128명으로 2020년에는 24명, 급기야 2022년에는 18명으로 감소하였다.

이렇게 어린이 교통사고 사망자가 지속적으로 큰 폭으로 감소한 일등 공신은 어린 교통안전의 주역 녹색어머니회의 봉사가 가장 큰 요인으로 볼 수 있을 것이다.

녹색어머니가 등하교 시간에 차를 막아 어린이들이 안전하게 길을 건너게 해주는 활동과 교통안전 전문 강사로서 능력을 키운 녹색어머니 회원들이 초등학교에서 어린이들에게 안전하게 보행하는 법을 교육시키는 적극적 활동을 병행한 것이 어린이 교통사고 감소의 일등 공신이라 자신할 수 있다.

안전한 보행을 위한
3가지 습관

　과거와 현재 녹색어머니 활동을 열심히 그리고 많이 해 본 경험으로 생각해 볼 때 등하교 시 어린이 교통안전 지도에 3가지 필요한 습관을 키워줄 것을 당부하고 싶다.

　"선진국에서 당신 자녀가 교통사고 날까 봐 불안하다면 당장 3가지 습관을 길러 주라"는 말이 있다.

첫째 STOP(우선 멈추는 습관)이다.

항상 길을 건널 때 차도로 나갈 때 뛰지 말고 우선 멈춘 후 차가 오는지 살펴보는 습관이다.

특히 횡단보도에서는 차의 안전거리가 확보되므로 우측에서 일단 멈추어야 한다.

둘째 EYE CONTACT(운전자와 눈을 맞추는 습관)이다.

길을 건널 때 녹색불이 들어와도 손을 들어도 그냥 지나치는 운전자가 있을 것이다. 그러므로 반드시 손을 들고 운전자와 눈을 마주친 후 차량이 멈춤을 꼭 확인한 후 건너야 하는 것이다.

이때 손을 드는 것은 '제가 먼저 건너가니 멈추어 주세요'라는 무언의 의사표시이므로 손을 번쩍 들지 않고 운전자를 보며 45도 정도로 들어주어야 한다.

즉, 차가 오는 방향을 바라보며 처음에는 왼손을 들고 횡단보도의 절반쯤을 지났을 때는 오른손을 들어 반대 방향에서 오는 차량에 알리기 위하여 오른손을 들어 주어야 한다.

셋째 ARRIVE ALIVE (차를 계속 보면서 건너는 습관)이다

이는 운전자가 브레이크를 밟으려다 엑셀을 밟을 수도 있

으므로 항상 길을 건너는 내내 차를 계속 보면서 건너야 하는 것이다.

녹색어머니가 교통지도를 하면서 어린이들에게 3가지 습관을 길러준 것이 교통사고를 획기적으로 감소시킨 주요인일 것이다.

점차 줄어드는
녹색어머니 활동

　이렇게 숭고한 봉사활동을 수행해 왔던 녹색어머니회가 요즈음 회원 수가 급감하여 활동이 서서히 줄고 있다.

　한때 70만 명을 넘어서던 녹색어머니 회원 수가 여성들의 사회참여가 활발해지며 맞벌이 부부가 급격히 늘고 있어 녹색어머니 회원의 참여가 점차적으로 줄고 있는 것이 가장 큰 요인일 것이다.

　그리고 초등학교 관리자들의 입장에서 어머니들에게 부

담드리는 일을 하고 싶지 않아 녹색어머니회 자체를 없애고 있는 것도 한 부분을 차지하고 있을 것이다.

또한 우려되는 부분 중 한 자리를 차지하는 부분이 노인 일자리 창출 차원에서 시니어 봉사단이 만들어지면서 스쿨 존 내 교통안전 지도를 녹색어머니에서 시니어로 빠르게 바뀌고 있다.

물론 어르신들의 일자리 창출은 매우 중요하지만 어린이들의 생명과 직결되는 교통안전 지도 활동까지 어르신들께 맡겨서는 안 될 것입니다.

어르신들도 보호를 받아야 할 대상이고 차가 오는 위험한 상황에서 상황적 판단을 잘하면서 적절한 차량 통제를 해 주어야 하는 일인데 전혀 교육도 받지 않은 어르신들이 과연 어린이들의 안전을 도모하는 일을 적절히 수행하실 수 있을까 하는 의문을 가지지 않을 수 없는 문제인 것 같다.

교통 봉사활동에 투입되는 어르신 들게 최소한 2시간 이상의 어린이 교통안전, 지도 방법에 대한 교통안전 교육을 받으신 후 활동에 나설 수 있게 하기를 정부에서 시행하기를 바랍니다.

정예화된 교통안전
전문 강사로 거듭나길…

안타깝게도 현재 녹색어머니회 감소 추세를 막을 방법은 없다. 노인 일자리 창출과 초등학교 관리자의 소극적 입장, 학부모님들 역시 교통지도 참여에 대한 부담감 등으로 인하여 녹색어머니회 활동은 계속 위축되고 있는 실정이다.

그럼 녹색어머니회는 참으로 어떻게 변화하는 시대의 상황에 빠르게 적응해야 하는 것일까?

일단 최선의 방법으로 볼 수 있는 것은 학교마다 소수 정예화된 녹색어머니 안전 전문 강사를 양성하여 보다 한 단계 높은 교통안전 지도 활동을 하는 것이다.

즉 교통안전 전문 강사로서 지도 능력을 갖춘 후 초등학교에서 선생님을 도와 교통안전 실습 교육을 실시하고 야외 학습 시 안전 관리자로 동서하면 어린이 안전관리를 하고 선진국형 워킹스쿨버스(Walking school bus) 강사로 적극 참여하는 것이다.

워킹스쿨버스는 등하교 시 방향이 같은 어린이들을 데리고 다니며 도로 현장에서 안전교육까지 실시하는 선진국형 안전한 등하교 기법을 말한다.

물론 이런 강사 역할을 수행하는 녹색어머니 회원들에게 활동과 비례하여 수당을 지원하는 것은 당연하다고 본다.

또한 빠르게 대체되고 있는 시니어 활동 어르신들께 대한 교통지도 방법에 대한 교육과 안전관리 역시 녹색어머니회 안전 강사의 역할이라 보아야 할 것이다.

향후 녹색어머니회의 발전을 위해서는 교통 전문 교육기관과 협력하여 녹색어머니 회원들을 교통안전 전문 강사로

양성하여 녹색어머니회의 새롭고, 보다 차원 높은 변신을
하여야 한다는 것이 나의 조그마한 희망이다.